너의

세
상
으
로

너의 세상으로

조윤경 소설

하빌리스

TV를 켜면, 더 가까이는 저마다 손에 쥐고 있는 스마트폰만 보아도 아름답고 빛나는 사람들이 이렇게나 많은 세상이다. 이런 세상 속에서 그저 평범한 일개 시민에 불과한 나와, 나를 잠시 다녀갔던 너의 이야기를 궁금해하는 사람이 있을까. 밖에서 보기에 우리의 이야기는 특별할 것도 없고 이렇다 할 관심을 끌 만한 자극적인 내용도 없을 텐데 이런 너와 나의 이야기를 누군가 끝까지 읽어 준다면, 나의 어쭙잖은 글이 '책'이 될 수 있을지도 모르겠다.

다른 누군가의 마음에 교훈을 남기거나, 깊은 울림을 주거나 하는 것까지는 애초에 욕심도 없다. 그냥 덤덤한 표정으로 길을 걷다가 어느 상점에서 틀어 놓은 노래처럼 멀리서 들리다가 가까워지다가 다시 멀어져도 좋다. 그러니 그냥, 첫 장을 펼치는 순간부터 빽빽하게 곱씹고 생각할 틈 없이 가볍게 읽히는 글이었으면. 좋아하는 음악 한 곡을 듣고 난 후의 기분 정도만 남길 수 있으면 좋겠다.

애초에 이 글은 '소설'을 쓰겠다든지, '수필'을 쓰겠다든지 같은 명확한 구분이 없이 그 사이 어딘가에서 시작되었다. 소설이라는 이름을 감히 붙일 수도 없는 게 애초에 제대로 된 소설을 쓸 거였으면 서사나 사건에 좀 더 무게감을 두고 전체 흐름을 구성했어야 했다. 그럼에도 불구하고 처음 출판과 관련된 제안을 받았을 때 '제가 썼던 작품들을 하나의 이야기에 녹여 이어지도록' 써 보아도 될까요? 하고 여쭙게 된 것은 나와, 내가 쓴 글과, 작사가라는 직업군에 대한 내용들을 조금이라도 덜 딱딱하게 전달해 보고 싶었기 때문이다.

　이 글의 중심은 '나'이고, 반짝이는 '별'을 따라 나에게로 온 '너'의 등장으로 이야기가 시작된다. 이 글을 다 읽고 난 후에 '별'과 '너'가 어떤 의미일지 누군가 상상해 주길 바라며 서두를 맺는다.

2021, 조윤경

Co
  n
    t
     e
      n
       t
        s

머리말                                                4

너의

세상으로

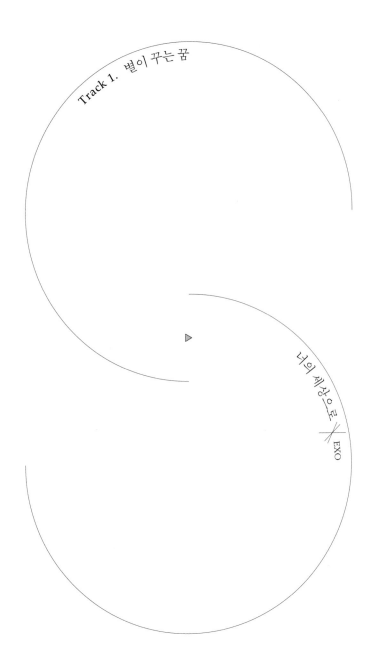

Track 1. 별이 꾸는 꿈

나의 세상으로 / EXO

달력에 별 하나가 늘었다.

또 한 곡의 가사 시안을 기한 안에 정리해서 무사히 메일로 보냈다는 뜻이다. 책상 위 탁상 달력에는 가사 시안 마감 날짜마다 간단한 작업 정보가 메모되어 있다. 가창할 아티스트, 데모 제목, 그리고 최종 마감 시간 정도. 그리고 해당 곡을 정리해서 보내고 나면 나는 그 위에 별을 하나씩 그려 넣는다. 왜 굳이 별을 그리냐고 물으신다면 대답해 드리는 게 인지상정! 이유는 간단하다. 이번에 떠오른 아이디어가 매우 마음에 들어 이 정도면 채택되고도 남는다는 빛나고도 눈부신 확신! 같은 것은 응당 아니고(나의 좋은 예감이 실제 채택으로 이어지는 경우는 열에 하나 될까 말까 다) '별은 소원을 이뤄 주니까'.

조금 더 내 식대로 말을 바꿔 보면 '소원을 빌고 싶어지니까' 정도로 해 두면 될까. 거창한 새해 맞이는 아니어도 새해 첫날이면 공원이라도 나가 달과 별을 향해 소원을 빌곤 한다. 아직 이루어지지 않은 게 너무 많은 걸 보면 별이 무조건 소원을 이뤄 주는 건 아닌 것으로 판명되었지만! 보란 듯 빛나고 있는 별을 그냥 지나치는 건 예의가 아니다.

그렇게 일을 마친 작업물들마다 큼직하게 별을 그리며 모쪼록 지금 보낸 시안이 내부적으로 좋은 평가를 받아 누군가에게 불릴 수 있기를, 그래서 한 자 한 자 공들여 쓴 글들이 세상에 무사히 태어날 수 있기를 소소하게나마 빌어 보는 것이다.

달력을 책상에 내려놓고 보니 나 이거 다 어떻게 했지? 진짜 다 제출한 게 맞나? 싶을 정도로 별이 어마무시했다. 사실 이런 마감 일정은 '지인짜' 힘들다. 책상-침대-책상-침대를 반복하게 되는 퇴근 없는 삶. 마지막으로 제대로 차려입고 밖에 나가서 외부 사람을 만난 게 언제였는지 달력을 뒤적이며, 빼곡하게 그려져 있는 별들을 눈으로 가만가만 세어 보았다.

"완전 유성우네."

이 정도면 로또 당첨이라도 빌어 봄직한 낭랑한 유성우다!

종종 주변에서 "그렇게 집에만 있으면 되레 영감 같은 게 잘 안 떠오르지 않아?" 같은 말들을 하곤 하는데, 실상 외부 생활을 거의 안(못?) 하다시피 하면서 산 지 오래된 나는 이렇게 지내는 일상이 그럭저럭 편해졌다. 주변 작가들이나 작사가들과 이따금씩 소통을 하다 보면 본업으로 다른 직업이 있지 않는 이상 나처럼 사는 사람들이 많다는 지점에 안도하며……

그렇다고 바깥출입을 아예 안 하는 건 아니다. 나의 옆에는 이제 첫 돌이 지난 반려견 '장단콩'이 있고, 강아지는 산책을 해야 한다. 최소 하루에 한 번. 너무 춥고 덥거나 비가 오는 날을 제외하고는 매일같이 장단콩과 함께 동네를 걸으며 그의 활발하고 안정적인 장 상태를 증명해 주는 따끈 따끈한 똥을 줍는다. 그 외의 시간은 소소한 집안일과 가사 작업으로 채워지는 단조로운 삶이 파워 집순이인 내게 제법 잘 맞았다. 아주아주 솔직히 말하면 그때그때 마감해서 보낼 시안들을 정리하기에도 조금 버거운 일정이다.

정말이지 이제 이 세상에 나올 수 있는 사랑에 관한 노래는 다 나온 것이 아닐까? 라고 생각하는 데다 요즘 나오는 데모들은 곡의 구성에서부터 어려운 게 많다. 이렇게 어렵고 막연한 노래들도 어떻게든 귀신같이 찰떡같은 가사를 붙여서 세상에 나오고, 심지어 원래도 멋진 아티스트들이 그 어려운 곡을 갈고닦아 나오니까 K-POP이 흥할 수밖에 없지! 하지만 때때로 정말…… '이거 엎고 내일 다시 할까?' 하는 생각이 울컥울컥 고개를 든다.

학창 시절에는 그렇게 밤을 새워도 쉬는 시간에 잠깐 꿀잠을 자 주면 머리가 곧잘 돌아갔던 것 같은데 이제는 딱 글렀다 싶은 순간이 온다. 대체로 한 새벽 2시가 넘어가기 시작하면 아까 썼던 단어를 또 쓰고 있다거나, 단어가 갑자기 생각이 안 난다거나, 또는 분명히 데모를 반복해서 듣고 있는데 음이 잘 안 따지는 그런 식이다.

지금 새벽 2시 반을 넘었으니까 이제는 가망이 없다!

정오까지 마감이지만 단 몇 시간이라도 자고 일어나서

해야지! 마감이 코앞이면 어떻게든 낼 수는 있겠지!

그렇게 아침이 왔다.

"장단콩! 누나 바쁜데 오늘 왜 이렇게 보채지요? 사료를 다 먹기 전엔 간식을 줄 수 없습니다, 왕자님!"

오늘 할 일을 내일로 미룬 자에게 걸맞은 하루의 시작이었다. 새벽에 안 난 좋은 생각이 아침이라고 자판기처럼 툭 떨어질리가 없음을 피부로 깨달을 수밖에 없는. 모니터 우측 하단의 시계를 계속 힐끔거리면서 '아, 왜 아직도 벌스2지?', '아, 이제 더 할 말이 없는 거 같은데!', '아, 왜 이렇게 음이 막 쪼개져 있어!' 글과 음악을 직업으로 삼는 사람이라고는 차마 봐 주기 힘든 한낱 시안의 노예가 컴퓨터 앞에 잠옷 차림으로 앉아 다리를 떨고 있었다. 그렇게 모양 빠지게 정오까지가 마감이었던 곡을 11시 58분쯤 겨우겨우 메일로 보냈다. 시간에 맞춰서 낸 것만으로도 선전했다고, 내가 어려웠던 곡은 남들도 어려웠을 거라고 마음을 다스리는 마법의 주문을 걸었다.

일로 인해 너무 크게 스트레스 받지 않고자 하는 방어기제 같기도 한데 대체로 이 마법의 주문은 심신 안정에 도움을 준다. 앞서 언급했지만 내가 잘한 것 같다고 채택이 되는 것도 아니며, 재활용도 안 될 쓰레기를 억지로 냈나 자책하고 있는데 갑자기 수정 의뢰가 들어올 때도 있다. 지나간 곡은 억지로라도 오래 품지 않는 편이 이 일을 직업으로 대하기에는 몇 배쯤 더 좋다.

아침인지 점심인지 알 수 없는 일단의 끼니는 오른손으로 비비고 왼손으로 비비는 라면으로 정했다. 채 썬 오이와 검은 깨를 뿌리는 정성까지는 아니더라도 삶은 계란은 포기할 수 없기 때문에 계란도 하나 올렸다! 엊그제가 본방이었을 반려견 교육에 관한 예능 프로그램을 틀어 놓은 채 라면을 먹다 보면 무너진 멘탈을 어떻게든 영혼까지 끌어모으던 아침의 기분도 그럭저럭 누그러지게 마련이었다. TV에는 이러저러한 이유로 행동 교정을 받는 고민견들이 등장했고, 나는 짐짓 진지한 마음으로 그 모습들을 지켜봤다. 그리고 생각했다. 우리 장단콩, 비록 산책할 때 자기주장이 쩔어서 그렇지 애는 차아아암 착해. 장하다는 의미로 산책을 가려고 옷을 갈아입는데 강아지가 벌써 알고 신이 나서 펄쩍펄쩍 뛴다. "소형견 주제에 슬개골은 맡겨놨어?!" 하고 물어도 너는 이해하지 못하겠지.

장단콩과의 산책은 꽤나 녹록지 않은 일이다. 우리 둘 다 초보 산책러이기 때문! 나는 무념무상 걷는 것에 목적을 두는 편이었는데 한창 혈기 왕성한 이 강아지는 각종 냄새 맡는 것을 너무나 좋아하고, 산책 중 만나게 되는 인근 가게나 상가 건물에 들어가고 싶다고 종종 꼬장을 부렸다.

"안 돼. 먹으면 죽어. 자, 저기 읽어 봐. 매.운.해.물.떡.찜. 죽을 거야? 피똥 쌀 거야?"

논리 정연하게 그를 설득하며 기다린 지도 벌써 5분. 초보 개엄마인 나는 이 강아지를 정말 '잘' 기르고 싶고, 인터넷 동영상에서 본 것처럼 강아지가 스스로 생각하고 좋은 방향으로 발전하기를 원한다. 그래서 강아지가 이윽고 자기 고집을 꺾고 나에게 오면 큰 소리로 칭찬하고, 이를 반복하며 나와 발맞춰 걷는 좋은 산책 예절을 가질 수 있도록 유도하려 했는데!

"배달앱 라이더 님이시죠?"

해물떡찜 식당 사장님이 꼼꼼히 포장된 꾸러미를 들고 나와 나에게 말을 건다.

"아, 아뇨! 죄송합니다!"

그래, 그러고 보니 배달원들 보면 까만 옷 입은 분들이 많긴 하더라. 하필 오늘 입은 옷이 위아래 모두 검은색이었다. 산책 가방은 민트색. 영문을 알 리 없는 강아지를 번쩍 들어 흡사 클러치처럼 한쪽 옆구리에 끼고는 황급히 자리를 피했다.

🐾

"네. 아, 괜찮아요! 제가 잘했어야 하는데 죄송합니다. 다음에는 더 잘해서 보내드려 보겠습니다. 네, 감사합니다!"

한쪽 손목에는 (혼자 신난) 장단콩의 산책 줄을 감아 잡고, 다른 손으로는 새로운 가사 시안 의뢰 전화를 받으며 걸었다. 지난주엔가 보냈던 신인 보이그룹의 가사가 채택되지 않았다는 조금 서운한 소식과 함께다. 그래도 새로 시안 의뢰가 들어왔으니 이거 잘하면 되지!

아주 예전, 그러니까 이 일을 갓 시작했던 고등학교 졸업 무렵이나 대학생 때까지만 해도 한 곡 한 곡 채택이 안 되는 것에 찢긴 휴지조각처럼 휘둘리던 때가 있었다.

"내 걸로 녹음한다고 했었단 말이야."

"그래서! 뭐! 계속 이러고 있을 거야?"

진짜 진짜 열심히 했던 게 잘 되지 않아서 훌쩍거리고 있는 열아홉 살의 나를 달랜답시고 엄마가 쥐여준 건 당시 내가 좋아했던 매운새우과자였다. 그때는 '아니 내가 무슨 애도 아니고 과자 한 봉지로 뚝 그칠 나이야?' 했는데 이제 와 생각해 보면 그럴 나이였던 것도 같다. 그렇게 눈물이 퐁퐁 날 만큼 애착이 있었던 것과는 별개로 그때만 해도 나는 작사 일이 나의 주된 업이 될 거라고는 생각지 못했다. '작사가'라는 직업 자체가 생소했고, 잘 와닿지 않아 그랬던 것 같기도 하고, 막연하게 '취업'이라는 것을 할 줄 알았기 때문인 것도 같다.

이제 뭐 밤을 쪼개 가며 열심히 했던 것에 기대한 결과가 나오지 않아도 대체로 그냥 그러려니 하려는 편이다. 뭐든 한 가지 일을 10년은 해야 자기 것이 된다고 하는데,

작사 일이 이제 좀 '내 일'처럼 느껴지는 단계에 이른 지금, 나는 이제 나의 직업이 마냥 멋지고 아름답지만은 않음을 누구보다 잘 안다. 매번 평가받고 거절당하는 것 역시 이 일의 일부라는 걸 담담하게 받아들일 수 있게 됐다.

어쨌든 '작사가'가 됐고, 그날 밤도 새로 들어온 데모를 듣고 있었다. 역시 신인 보이그룹의 노래라고 했다. 이렇게 신인 팀의 데모를 받게 될 때는 장점과 단점이 있는데 단점은 우선 가창을 할 팀의 모습이나 목소리 같은 것이 그려지지 않는다는 것이다. 이미 데뷔를 한 팀의 노래를 들을 때는 이전에 활동했던 영상을 찾아보거나 수록곡들을 돌려 들으며 영감을 받을 수 있는데 이렇게 아예 정보가 없는 팀의 경우 도무지 의지할 구석이 없다. 그래서 조금 막연하기도 하고 불안하기도 하다. 반면 장점은 아주 많이 열려 있다는 것! 이 팀은 연차가 좀 되었으니까, 전에 어떤 톤의 곡으로 활동했으니까 같은 것들에 휘둘리지 않고 오롯이 데모에만 집중할 수 있는 것이다. 지금 듣고 있는 이 데모는 따뜻하고, 부드럽다. 데모를 가창하고 있는 목소리가 투명하고 맑다. 영어로 되어 있는 가이드 자체가 그냥 매우 그냥 좋다!

오늘 들어온 일이라 어차피 아직 날짜가 좀 남아 있으니 오늘은 오랜만에 데모 자체를 좀 즐겨도 되지 않을까 싶어 음향 볼륨을 조금 키우고 책상에서 일어났다. 창가에 앉아 창문을 열자 묵은 환기가 되는 기분이었다. 나도 모르게 콧노래가 나온다. 그렇게 마음에 쏙 들던 데모의 후렴구를 따라 부르던 순간!

"장단콩! 봤어?!"

창밖의 밤하늘에서 조그만 빛 하나가 포물선을 그렸다. 별똥별? 오늘 별 떨어진다는 기사가 있었던가. 아니다. 그런 기사가 떴으면 내가 못 봤을 리가 없다. 나는 스마트폰 중독자니까. 별인가? 아니면 그냥 인공위성 같은 건가? 잘 모르겠지만 진짜 별이었을지도 모르니까 일단 소원! 소원! 다급히 기도 자세를 취하고 눈을 감았다. 마치 연속 동작처럼 자연스럽게 마음 안에서 흘러나오는 오래된 소원이 입술을 비집고 나오려던 그 순간! 아니아니. 이런 실체 없는 거 말고 좀 더 현실적인 거! 지금 당장 써 먹을 수 있는 거!

"저 데모에 딱 어울리는 대박적으로 좋은 소재가 생각나게 해 주세요!"

다시 고개를 드니 하늘은 언제 그랬냐는 듯 별일 없이 말갛기만 했다. 그러고 보니 이렇게 소원을 비는 것도 꽤 오랜만이네. 어렸을 때는 밤하늘을 보면서 하루하루 모습을 바꾸는 달과 별을 향해 몇 번이고 말을 걸던 꽤 낭만적인 소녀였는데. 이게 다 일에 치여서 그렇다. 대체로 심야 시간에는 모니터를 바라보며 일을 하고 있으니 밤하늘을 올려다보는 순간도 자연스레 열어졌다.

　오랜만에 별똥별과 조우한 흥분이 가라앉자 오늘 밤에 소재라도 뽑아 두고 자고 싶어졌다. 그래야 오늘 아침 같은 꼴을 안 당하지, 하며 다시 책상 앞에 앉았다. 데모는 여전히 아름답고 너무나도 근사해서 '꼭' 좋은 글을 쓰고 싶었다!

　그렇게 책상에 앉아 있기를 약 두 시간. 욕심이 너무 앞섰나. 그 놈의 '좋은 생각'이 당최 떠오르지 않는다. 소원이 안 이루어지는 건가? 아까 그거, 역시 별이 아니었나?

　"어디서 별 코스프레를 하고! 내 소원 돌려내!"

　창밖을 향해 외치는데 낯선 목소리로 답이 돌아온다.

　"낙장불입! 반품불가!"

　"저기…… 누구세요?"

　이건 나와는 다른 세상의 네가 '나의 세상으로' 온 가장 처음 순간의 기억이다.


〓


　아마도 꿈일 것이다. 조금 전까지 나는 평소와 다름없이 데모를 들으며 이 곡은 또 어떻게 써야 하나 고민하고 있었다. 그러고 보니 집에 강아지가 있는데 낯선 이가 이렇게 떡 하니 집에 들어왔을 때 짖지도 않고, 아예 반응도 안

하고 있다는 건 꿈이 확실하다!

그렇게 결론을 내리고 나니 마음이 급 들뜨기 시작했다. 딱히 외모지상주의자도, 지극히 아름다운 존재에 대한 로망이 있는 것도 아니었지만 이렇게 완벽하게 사랑스러운 비주얼의 누군가가 나를 바라보며 웃고 있을 수 있는 순간이 살면서 얼마나 될까. 그렇다면 이때 필요한 건 뭐? 이 순간을 최대한 즐겨야지!

"헤헤, 어디서 어떻게 오신지는 모르겠지만 우선 요기 앉으시고요……."

듣고 있던 데모가 흘러나오는 컴퓨터를 그대로 켜 둔 채 나는 너를 나름 내 방의 가장 아늑한 곳으로 안내해 나란히 앉았다. 이 예쁜 것을 보고 있자니 저절로 얼굴에 미소가 떠나지를 않는다. 잠을 깊이 자는 편이라 어지간해선 꿈을 잘 기억 못 하는 편인데 이게 웬일이지?

"고마워."

"어휴, 제가 고맙죠. 기왕 오신 거 이 꿈에 좀 오래 머물다 가세요! 어차피 내일 마감할 곡이 있는 것도 아니라 오늘은 좀 자도 되거든요."

"꿈 아닌데."

"네?"

"만나러 왔어. 너의 세상으로."

확실하다. 이것은 분명 꿈이 아닐 수 없는 꿈.

그러니 어서 빨리 이 꿈에서 깨어나 나의 세상으로 돌아가야겠다.

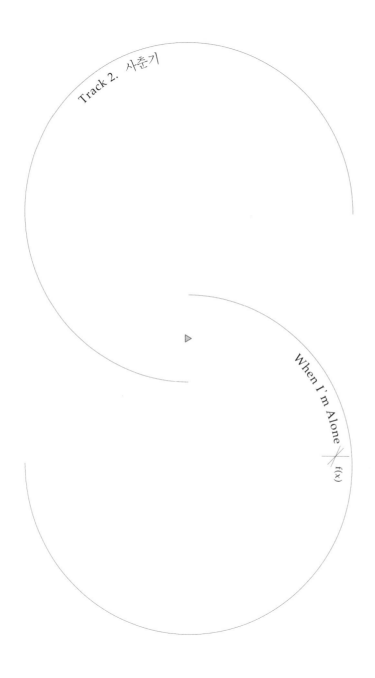

Track 2. 사춘기

When I'm Alone

f(x)

"나 분명히 창문 닫고 나갔던 것 같은데…… 엄마가 열어 놨어?"

사춘기 감성에 젖은 착각이라기에는 이해하기 힘든 경험들이 내게는 종종 있었다. 매사에 신중하기보다는 덤벙거리는 성격이긴 하지만 단순히 깜빡한 걸로 치부하기에도 좀 애매한 상황들이.

예를 들어, 나가기 전에 분명히 꼭 닫고 확인까지 했는데 학교에 다녀와서 보면 창문이 활짝 열린 채 불어오는 바람에 커튼이 날리고 있거나 읽은 부분까지를 표시해 놓으려고 한쪽 모서리를 접어서 덮어 두고 잠들었던 책이 다음 날 아침에는 펼쳐져 있거나 하는 상황들. 마치 내가 자리를 비운 사이 누군가 다녀가기라도 한 것처럼 나직하게 구겨져 있는 이불 위에 누워 나는 마냥 두근거림이나 설렘만은 아닌 살짝은 오싹하기도 한 미묘한 감정으로 창밖의 밤하늘을 바라보다 잠이 들곤 했다. 이런 일들에 대해 친구들이나 부모님과 이야기를 나누다 보면 결론은 항상 같았다. "네가 너무 상상력이 풍부한 거야", 아니면 "네가 너무 책을 많이 읽은 탓이야", 그리고 때로는 "너는 확실히 좀 엉뚱한 구석이 있어".

나는 아주 어렸을 때부터 세상에 존재하지 못할 것이 없다고 믿었다. 산타클로스의 존재도 진심으로 믿었다. 무려 초등학교 6학년 때까지! 솔직히 6학년 때는 겨울마다 오매불망 기다린 핀란드 할아버지가 부모님 또는 다니던 유치원의 운전기사님이었다는 것을 드디어 깨달았지만 선물을 받고 싶어서 계속 믿는 척했다. 중학교에 입학했을 때는 얄짤 없이 엄마랑 노란색 마트에 가서 동생의 '산타 할아버지 선물'을 같이 고르고 포장하는 것을 도왔다. 이야기가 조금 멀리 왔지만 그만큼 나는 어려서부터 인간이 아닌 무언가가 세상에 존재한다는 것을 거부감 없이, 아주 자연스럽게 믿었다.

"딱 한 번이라도 좋으니까. 제대로 만나러 와 주면 안 되나."

부디, 너를 만나게 해 달라고. 창가에 어른대는 달을 보며 소원을 빌면, 아득히 펼쳐진 밤하늘을 담은 눈 앞의 풍경 중 무엇 하나도 달라지는 것은 없었지만 나는 점점 더 그럴 듯한 기분에 빠져들곤 했다. 분명히 아주 먼 시공 너머의 누군가와 내가 이어져 있을 거라고. 어느 날 베갯잇 사이에 떨어져 있던 작은 꽃잎은 네가 나에게 보내 온 신호일 거라고. 좋아했던 책장 사이에 소중히 간직해 두며 나는 그 존재와 만나는 순간을 이러저러한 상황에 대입하여 몇 번이고 새롭게 상상하곤 했다. 내가 자리를 비운 사이, 공기보다 가벼운 너는 터질 듯한 사춘기의 감정을 머금어 늘 답답했던 내 마음 대신 저 유리창을 열고 날아 들어와, 내가 끌어안고 자던 베개에 기대어 내가 읽던 소설

책을 읽었을 것이라고. 그리하여 단 한 번도 마주한 적은 없지만 우리는 서로가 모르는 사이 때때로 함께하고 있다고 말이다. 하지만 그게…….

"…… 꼭 이런 식일 필요는 없었는데."

"그럼 어떤 식이어야 하는데?"

나는 어느새 너와 멀찌감치 안전거리를 유지해 자세를 고쳐 앉았다. 차라리 그때, 내가 아직 세상의 때가 덜 타서 세상 모든 일을 마냥 감상적으로, 서정적으로 받아들일 수 있는 마음가짐으로 너를 만났더라면 이 상황이 훨씬 더 로맨틱하고 두근두근했을지도 모르겠지만, 지금의 나는 이 극적인 순간을 받아들이기에 앞서 '이게 진짜라고?'를 몇 번이고 스스로에게 되물어야 하는 '어른'임을 부인할 수 없었다. 매일 음악을 듣고 글을 쓰면서도 이렇게 건조하고 차디 찬 인간이었다, 내가.

"그럼 일단……."

나는 '지금 내가 너를 몹시 의심하고 있으니 허튼 생각은 꿈도 꾸지 마라!'의 의미를 담아 최선을 다해 너를 경계하고 쏘아보며 책상을 더듬어 휴대전화를 손에 쥐었다. 여차하면 바로 경찰에 신고할 수 있어야 한다! 너의 눈치를 보며 말을 잇는다.

"그러니까…… 저기 먼 밤하늘에서 아까 떨어진 그 별을 따라서 이곳으로 오셨고……."

경계를 풀지 않은 채 이어 묻자 너는 대답 대신 웃는다.

"그런 귀한 분이 왜 이런 누추한 곳에?"

"딱 한 번이라도 좋으니까, 제대로 만나러 와 주면 안 되나."

"……?"

"소원이었잖아."

순간, 심장에서 뭔가 어긋나 있던 부품 하나가 툭 소리를 내며 맞춰지는 것 같았다. 시간이 지나고 어른이 되어 감에 따라 희미해져 가던 감정들이 여전히 너와 같은 표정으로 말갛게 나를 바라보고 있었다.

"지금 내가 너랑 이 상황을 전부 믿어야 다음 장면이 있는 거지?"

"어렸을 때는 보지 않고도 믿었으면서."

"네, 아니오로 단순하게 말해 주면 순간의 판단에 도움이 될 것 같은데."

"그렇다면 '네'."

어릴 적 믿던 산타 할아버지도 아니고. 여름 날 토요일 밤마다 손에 땀을 쥐며 챙겨 보던 〈미스터리 극장〉도 아닌 네가 먼 기억의 약속과 함께 나를 만나러 왔다. 너는 나를 보며 웃었고, 나는 너를 보며 잠시 울컥함을 참았다. 어른이 되어 가며 까맣게 잊고 있던 나의 오랜 소원이 이루어졌다.

달빛을 따라와요
내 맘을 따라와요
넌 몰래 다녀가요
어서 날 데려가요
When I'm A-A
When I'm Alone

‖

"그럼 내가 학교에 간 사이에는 뭐 했어?"

마음의 시간을 거스르는 데는 그리 긴 시간이 필요하지 않다. 나는 어느새 네 곁으로 당겨 앉아 오랜만에 만난 친구를 대하듯 너에게 묻는다.

"책 읽었나? 그때 내 책상에 있던 책들 말이야. 종종 흐트러져 있던데."

"거기 책이 있었어?"

응? 아니야? 너는 책에 대해서는 진심으로 모르는 표정이었다. 그리고 잠시 후, 침을 꿀꺽 삼키며……

"과자도…… 먹고. 그 맨 아래 서랍에 있던 초콜릿 박힌 거."

거기에 초코 과자가 있긴 했다. 조금씩 아껴서 먹던 내 소중한 과자!

"음악도 듣고, 컴퓨터 켜서 인터넷도 하고, 게임도 하고, 뭐 그런 거?"

너는 의심의 여지가 없도록 해맑게 웃었다. 아…… 열린 결말이 왜 필요한지 알 것 같은 순간이다. 학창 시절의 몽환적이고도 감성 충만한 수채화 같은 기억들이 와장창 깨져 버리는 순간. 으응 그랬구나. 과자 먹으면서 게임하고 뭐 내 동생이 만날 하던 그런 것들을 하며 놀다 갔구나. 그랬던 거구나.

"잠깐만! 나 쫌 이해 안 되네? 네 말대로라면 아예 다른 문명의 세상으로 온 거잖아? 그럼 좀 더 생산적이거나 위험한 모험을 하거나 하는 게 상식적이지 않나?"

"뭐 그렇다면 그럴 수도 있는데."

"당연히 그렇지!"

"나는 네가 가장 많이 하는 게 궁금했던 것뿐이라……."

아, 순간 너의 미소가 은근히 뼈를 때리는 것 같은 기분이다. 마냥 해맑은 듯했던 네 얼굴이 다소 능글맞게 느껴지기까지 했다.

"…… 그냥 책 읽었다고 해 주지."

"왜? 책 읽으면 좋아? 지금이라도 읽을까?"

"아니다. 그게 중요한 건 아니지."

"책을 침대에 올려 놓지. 그럼 한 번은 봤을 텐데."

"침대?"

"네 방에 가면 거기서 제일 오래 있었거든. 너처럼 이렇게 베개에 손 넣고 옆으로 누워서."

베개 밑으로 손을 집어넣고 옆으로 눕는 자세를 취해 보이는 너의 모습 위로, 그 무렵 매일 밤 같은 자세로 침대에 눕던 어린 시절의 내 모습이 오버랩 된다. 순간, 그 시절 나의 빛났던 몽상 중 하나가 별처럼 하늘을 가로질렀다. 책을 읽었든 과자를 먹었든 너와 나의 체온은 같은 지점에서 스미고 교차되고 있었구나.

"근데 왜 꼭 그렇게 누웠어?"

"그냥 뭐, 습관이지."

아직은 차마 말할 수 없다. 그 방향으로 누워야 눈앞에 벽이 아닌 창문이 있었고 창문 너머의 너를 상상하며 잠이 들던 순간이 그 시절 나의 하루 중 가장 행복한 시간이었다고. 매일 매일 아주 오랫동안 잠들기 전 나의 밤에는 네가 가득했다고.

"그나저나 아무리 사람 아니어도 그렇지. 그렇게 막 남의 방을 함부로 드나들고. 어? 좀 그렇지 않나?"

"서운한데?"

말과는 달리 너는 또 빙긋 웃는다.

"내가 지금 어떻게 여기 있을 수 있는지 알아?"

"아까 네가 그랬잖아. 별……이랑 같이. 그럼 별을 막 비행기처럼 타는 거야?"

"와, 너 많이 팍팍해졌네. 안 이랬잖아."

"어른은 원래 팍팍한 거야."

"있지." 하며 너는 잠시 말을 멎고 담담하게 나를 바라봤다. 무슨 말이 이어질까. 나는 괜스레 가슴이 두근거렸다.

"네가 나를 떠올려 주지 않으면 난 너의 세상으로 올 수가 없어."

"혹시 아까!"

순간 머릿속에서 별이 떨어지던 순간이 플래시백 됐다. 맞다. 그때 두 손을 모으고 눈을 감자 자연스레 흘러나오던 내 오래된 소원의 중심에 너는 여전히 자리를 지키고 있었다. 머쓱하게도 현실성 없다며 새로운 소재를 주세요! 라고 다급히 바꾸긴 했지만.

"진짜 오랜만이더라. 나는 그 뒤로도 쭉 너를 바라보고 있었는데 말이야."

언제부터였더라. 매일 밤 설레던 너의 흔적과 밤마다 혼자 멀리 멀리 상상했던 시간들이 천천히 사그라진 게.

내게도 핑계는 있었다. 학년이 올라갈수록 입시라든지 이것저것 마음을 고단하게 하는 것들이 많아졌다. 내일의 컨디션을 위해서 불필요한 생각을 하기보다는 한 시간이라도 더 자고 싶어서, 달빛이 쏟아지는 유리창보다는 시야를 캄캄하게 닫아 주는 벽을 보고 눕게 됐다.

"…… 미안."

"괜찮아, 괜찮아도."

너는 그 시절 내가 상상했던 것과 너무나 닮은 부드러운 웃음을 지으며 내 머리를 가만가만 쓰다듬어 주었다. 마음에 천천히 온기가 도는 기분과 함께 나는 조금 울먹였던 것도 같다.

"그런데 하나 궁금한 게 있어."

"뭔데?"

"전에는 나 몰래 다녀갔던 거잖아? 근데 이번엔 어떻게 이렇게 같이 있을 수 있어?"

"그건 비밀."

"안 가르쳐 줄 거면 나가라고 해도 되나?"

"어차피 곧 돌아갈 거야."

장난스레 던진 말에 진지한 대답. 나도 모르게 멈칫하며 돌아보았다. 맞다. 지금 나는 엄청 판타지 같은 경험을 하는 중이었다. 예를 들면 이런 건가? 막 아침 해가 뜨면 손끝부터 점점 옅어지다가 파스스 사라져 가는 그런 거면 솔직히 조금은 서운한데.

"그게…… 언젠데? 아니 뭐 그냥. 갑자기 확 나타난 것처럼 또 갑자기 확 사라지면 당황스러울 것 같아서."

"다음 번 유성우가 내리는 날."

"유성우? 별똥별? 아니 잠깐, 그거 흔한 이벤트 아니지 않아? 그게 언제일 줄 알고? 그럼 그때까지 쭉 여기서 같이 살아?"

"그러니까 갑자기 사라질 걱정 같은 건 안 해도 돼. 일단, 오랜만에 그때 그 초코 과자가 먹고 싶은데?"

"단종 됐어!"

갑작스러운 너의 등장에도 그럭저럭 지켜지던 멘털이 로그아웃됐다.

Track 3. 존재감

Rookie / Red Velvet

아주 건전한 첫날밤이 지나갔다. 당분간 머무를 거라는 너의 말에 당황한 나머지 너와 같이 잠드는 것에 대한 설렘 같은 것은 파고들어 올 자리가 없었다. 우리는 그냥 네모난 방에 거리를 두고 대치하듯 누워 새벽 늦도록 대화를 나눴다.

"밤하늘 너머에서 왔다고 했지?"

"응."

"그럼 거기가 천국인가?"

"비슷…… 하지?"

"'비슷'이면 뭔가 종교마다 부르는 명칭이 다른 그런 느낌이야? 착하게 살다 죽으면 천국에 가는 거는 맞아? 근데 윤회의 개념은 왜 있어? 아니 나는 솔직히 그게 다 실체가 없는 것들이라 믿지는 않거든. 종교마다 다 말이 다르잖아! 나는 종교 자체를 부정할 생각은 없고, 종교는 필요한 사람들을 위해 존재하면 되는 개념 정도로 생각하고 있는데 말이지."

"그러면 궁금해할 필요도 없는 거 아니야?"

"안 궁금했는데, 네가 등장했잖아!"

"아아~"

"아아가 아니고. 뭐든 좀 더 얘기해 봐. 네가 있던 세계에 대해서."

"말해도 안 믿을 사람한테 그런 걸 얘기해야 해?"

"협조해. 당분간 여기 있어야 한다며! 월세도 한 푼 안 내고 지낼 거면 뭐라도 나에게 보탬이 되어야지! 얼른 얼른. 나의 창작에 도움이 될 만한 뭐라도 좀 말해 봐."

너는 웃으며 알겠다고 했다. 불현듯 너의 표정과 목소리가 천천히 잔잔해진다.

"그럼 일단 천국이라고 치고."

"응!"

"너는 천국이 어떤 곳이었으면 좋겠는데?"

"나? 내가 생각하는 천국은 일단 구름 위? 좀 식상한가? 이것도 편견인가? 그래도 구름 위 해. 그래야 배경이 예쁠 거 같으니까. 그리고 밤이나 낮 같은 게 시간의 흐름보다는 그냥 내 기분에 따라 바뀌어도 좋을 거 같아. 아, 그리고 동물들이 다들 행복하면 좋겠어. 사람은 어떻게 되어도 크게 걱정 안 되는데 동물들은 죽어서도 다들 동물다운 모습으로 행복하면 좋겠어. 동물들은 다 천사야. 다들 간식 많이 먹고 행복해야 해. 조금 막연할지 몰라도 언어의 장벽 같은 것도 없고, 아니 어쩌면 타인이 존재하지 않더라도 외로움의 감정이 아예 없거나 하는 것도 좋을 것 같아. 그냥 뭐든 달고, 빛나고, 부드럽고, 온화하고, 따뜻하면 좋겠어!"

"그런 곳이야."

"와! 너무 티 나. 말해 주기 싫은 거 완전 많이 티 나."

"진짠데?"

너와 헤어지게 되는 그날까지 나는 끝끝내 믿지 않았지만 너의 대답은 한결같았다. '누구에게나 자신만의 천국이 있어. 그러니 그냥 그런 곳을 꿈꾸며 살아.'라고.

"벌써 네 시네. 자야겠다."

시간을 앞세워 새벽을 향해 돌아누운 밤이었다.


너와의 기묘한 동거를 시작한 지 사나흘 정도 흐르면서 너에 대해 몇 가지 정보가 업데이트됐다.

우선 너는 나를 제외한 다른 사람들의 눈에는 보이거나 들리지 않는다. 무려 장단콩에게도. 그 부분은 다행이라고 생각한다. 강아지에게 보이면 강아지가 짖고 난리 날 것 같기도 하고, 사람에게는 안 보이는데 강아지에게만 보인다고 하면 어쩐지 귀신 같으니까! 막 펜듈럼(pendulum)이나 엘 로드(L-rod)로 수맥 흐르는 자리 찾고, 부적을 쓰든 굿을 하든 해야 할 것 같으니까!

그리고 너는 내가 작업을 위해 틀어 놓은 노래를 들으며 시간 보내는 걸 좋아한다.

"그런데⋯⋯."

내 심장을 향한 고속 주입을 위해 한 곡 반복 재생으로 틀어 놓은 데모를 두어 시간 넘게 옆에서 듣던 네가 입을 뗐다.

"왜 계속 같은 노래만 들어?"

"아, 질려? 이어폰 하고 혼자 들을까?"

"아니. 어렸을 때는 되게 여러 노래를 들었잖아. 가방에 막 CD 열 장씩 넣고 다니고."

"그건 그냥 즐기면서 듣는 거니까 그렇지."

"그럼 지금은?"

"지금……."

그러게. 지금은 뭘까? 학창 시절 나는 너의 말대로 책가 방 속 물건의 팔 할이 아이돌 그룹의 CD였다. 작사가라는 직업을 갖게 될 거라곤 꿈에도 모른 채(어렸을 땐 의외로 – 지금은 때려 죽여도 못 할 – 순수문학에 대한 로망이 있었다) 그냥 TV에 나오는 아이돌 그룹의 활동곡이 몇 번 귀에 익었다 하면 열심히 모은 용돈을 털어 안양일번가 지하상가에서 그 그룹의 CD를 샀다. 딱히 '최애(가장 애정하는)' 그룹이 아니면 품지 못하는 그런 심지 굳은 팬은 아니었고, 그냥 대중음악 자체를 아주 많이 좋아했다. 가요 프로그램은 집 에서 VHS용 공 테이프에 녹화를 해서(아이고 올드하여라) 몇 번이나 보고 또 봤다.

그에 비하면 확실히 요즘은 가벼운 마음으로 즐기고 듣는 행위 자체가 많이 줄었다. 의무감에 가요 프로그램을 틀어 놓고 TV 앞에 앉더라도 틈틈이 휴대전화 게임도 봐 줘야 하고, 눈치 빠른 나의 강아지는 내가 일할 때는 치대는 법이 없지만 TV를 틀어 놓고 앉아 있으면 '아! 주인이 쉬는군!' 하고는 다가와 애교를 부리며 놀아 달라고 보챈다. 그럼 결국 어수선하게 시간을 보내고는, 나중에 인터넷으로 팀별 영상을 공부하듯 따로 찾아보게 된다.

단순히 음악을 듣는 것도 그렇다. 어릴 땐 가사지가 낡아서 접힌 선을 따라 하얗게 종이 보풀이 일어나도록 랩가사까지 달달 외우고, 노래방에서 신나게 불러 젖히고 나면 그렇게 뿌듯할 수가 없었는데, 근 몇 년 사이 인터뷰에서 "요즘 가장 즐겨 듣는 음악은?" 하고 물으면 별 고민 없이 "데모요."라고 대답할 만큼 나의 리스닝은 '의무방어전'이 된 지 오래다.

조금은 뜬금없었던 너의 물음에 나는 은근하게 자존심이 상했다. 그래도 명색이 대중음악의 가사를 쓰는 일을 직업으로 하는 사람인데 공장에서 찍어내듯 '업무'를 해내고 있던 지점을 네가 건드린 것이다.

"......?"

널 향해, '엣헴! 나 좀 봐라!' 하는 표정을 지어 보이며, 틀어 놓은 지 세 시간여를 향해 가고 있던 레드벨벳의 데모 곡을 껐다.

"밖에 나갈 거야."

"갑자기?"

"내가 나가는 게 아무리 갑작스러워도 네가 내 앞에 나타난 것만 할까."

은근한 미소를 지어 보이며 주섬주섬 밖에 나갈 가방을 챙겼다. 적어도 지금, 더 이상 즐기면서 일하고 있지 않음을 자각한 이 기분의 맥을 끊을 필요가 있었다. 휴대전화, 산책 줄, 똥츄, 산책 간식. 끝. 강아지는 이미 흥이 차오르기 시작했다.

"다녀올게."

"그럼 나는?"

"너 뭐?"

"하!"


세상 개념 없는 사람을 바라보는 눈으로 나를 비춰 내던 너는 잠시 후, 어느새 나와 장단콩과 함께 공원을 걷고 있었다. 무더위를 지나 맑은 가을로 향하고 있는 가을의 공원에는 평일임에도 불구하고 산책을 나온 연인들이 많이 보였다. 아마도 퇴근 시간 이후라 더 그랬던 것 같다. 저렇게 지금 당장 연애를 하고 있는 사람들은 사랑 노래 가사에 대한 아이디어가 쭉쭉 나오려나? 잠시 생각했지만 뭐 딱히…… 사랑이라는 감정에 있어서의 현실적 공감대란 결국엔 큰 틀을 벗어나지 않을 것이고, 원활한 자재 공급(?)을 위해 인위적으로 갑자기 지금 당장 누군가를 사랑할 수도 없는 노릇이고. 기본적으로 설렘이란 로망 80에 현실 20 정도 아니겠나 하고 생각하며 걸었다.

"나도 가방 들어 줄래."

"가방?" 하고 되묻자 너는 짐짓 의젓한 웃음을 보이며 어딘가를 향해 눈짓을 했다. 너의 시선을 따라가 보니 우리와 조금 떨어져 걷고 있는 어느 커플이 보였다. 신경 쓴 데이트 차림을 한 예쁜 두 사람은 서로 팔짱을 끼고 있었다. 미루어 짐작건대 뜬금맞은 네 발언의 포인트는 여자의 반짝이는 숄더백을 자기 어깨에 메고 걷고 있는 남자다.

"…… 괜찮아."

"왜?"

실망한 표정의 너에게, 나는 '저기요 슨생님!' 하는 얼굴로 내가 메고 있는 가방을 들어 보이며 말했다.

"굳이?"

보다시피 내 가방은 성인 여성 손바닥 사이즈고, 들은 거라곤 똥츄랑 휴대전화가 전부다. 저쪽은 진짜 연인에, 완전 각 잡고 풀 착장이지? 나는 레깅스에 목 늘어난 티셔츠 하나 입고 이러고 나와 있잖니? 오케이? 나는 머쓱한 표정의 네게 시선을 한 번 더 맞추곤 어디서 또 무슨 냄새를 맡았는지 급작스레 달리기 시작한 장단콩을 따라 앞서 걷기 시작했다. 그렇게 몇 걸음 정도 앞서 걸을 즈음 네가 다급히 따라와 곁에 섰다.

"사진 찍자!"

"사진?"

너는 끄덕이며 낙조가 물든 호숫가를 가리켰다.

"갑자기 웬 사진? 찍어 줄게. 가서 서."

주섬주섬 가방에서 휴대전화를 꺼내는데.

"나 찍어 달라는 게 아니고, 같이 찍자고."

"아, 장단콩 안 돼! 뱉어!"

"저기요."

"콩이 얼른! 지지! 퉤! 옳지 잘했어! 옳지! 뱉기 천재야
아! 누가 이렇게 잘 뱉어? 왕자님이야아~"

"…… 무슨 왕자가 길에서 똥을 싸냐."

"응? 뭐?"

너는 대답 대신 마뜩찮은 표정을 남기며 나를 앞질러
걸어갔다.

"장단콩! 똥! 뭐야 너 예지력 같은 기능도 있었어?"

재빨리 '똥줍'을 하며 시선으로는 분주하게 너의 뒷모습
을 쫓으며 고개를 들어 보니 네가 같이 사진을 찍자고 했
던 호숫가에는, 예쁘게 물이 든 낙조를 배경으로 사진을
찍는 연인들이 가득이었다.

'어어~? 어라아?!' 나는 강아지를 번쩍 들어 안고 빠른
걸음으로 너를 따르며 너의 동그란 뒷통수에 장난을 걸
기 시작했다.

"왜애? 왜 나랑 같이 사진 찍고 싶은 건데에? 가방 이거

좀 무겁나? 들어 줄래?"

그러자 앞서 걷던 네가 불시에 우뚝 멈춰 선다. 그리고 붉게 져 내리고 있는 태양을 등지고 나를 바라본다.

"같이 해 보고 싶은 게 얼마나 많았는지 넌 상상도 못해!"

잠시 움찔했지만 또 내 성격상 여기서 얼굴만 빨개져서 어버버 할 수는 없었다. 뭐든 되받아쳐야 한다.

"그건 너도 마찬가지거든?"

교복을 입고 침대에 누워 하얀 천장을 바라보던 내가 너를 떠올릴 때 어떤 기분이었는지 너는 알 리 없다. 나는 내가 지을 수 있는 최대한의 어른 여성다운 얼굴로 너를 마주 보았다.


그날 밤, 우리는 미처 감추지 못한 약간의 어색함을 드리운 채 나란히 앉아 밤하늘을 바라보고 있었다.

"있잖아……."

먼저 말을 건넨 건 나였다.

"왜 하필 나였어?"

저 먼 하늘 너머의 너는 어째서 지극히 평범한, 극중 역할로 치자면 지나가는 '학생 1'에 불과했을 나를 지켜보게 되었을까, 문득 궁금했다.

"음…… 솔직히 말하면 처음엔 네가 '필요해서'였어."

네 이야기를 정리해 보자면 네가 속해 있는 세상에서 이 곳까지 먼 하늘을 날아오기 위해서는 두 가지의 조건이 필요했다. 첫째, 아주 작은 것이더라도 별똥별이 떨어질 것. 별똥별이 떨어지는 포물선을 따라 아주 잠시 동안 두 세계를 연결하는 길이 열리기 때문이다. 그리고 다른 하나는 그 순간 누군가 너의 방문을 간절히 바랄 것. 내가 살아가고 있는 이 세상에 대한 호기심이 많았던 너는 내가 속해 있는 나의 세상으로 너를 이끌어 줄 열쇠가 될 누군가의 마음이 필요했다. 그러던 중 내가 너의 눈에 띈 것이다. 맨 땅에 헤딩하듯 매일 밤하늘을 올려다보며 막연하고도 무수한 상상을 하던 내가.

"그랬구나. 나 철저하게 이용당한 거구나. 그랬던 것이었구나."

"처음에는 내가 다녀간 흔적도 일부러 하나씩 남겨 두고 그랬는데."

"컴백 떡밥 같은 거야?"

"비슷하지. 그런데……."

"와, 너 진짜 소름끼친다."

"점점 목적이 바뀌더라고."

단지 네가 이곳에 오기 위함이 아니라 내가 너를 생각하고, 깊은 밤 우리가 마주 보는 시간이 늘어가는 것 자체가 행복해지더라는 말을 덧붙이며 멋쩍게 웃던 너의 표정을,

그 모습을 바라보던 순간의 두근거림을 나는 아마 죽을 때까지 잊지 못할 것이다.

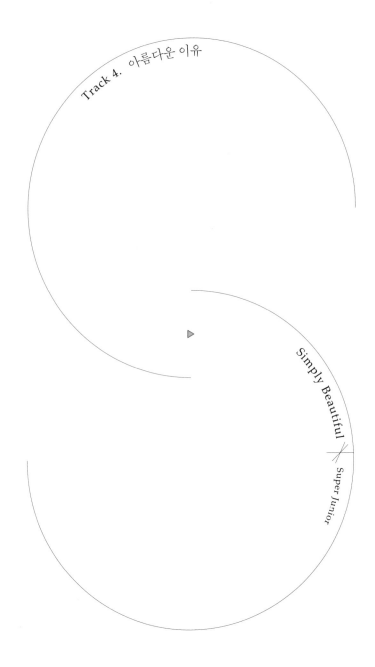

Track 4. 아름다운 이유

Simply Beautiful

Super Junior

작사 의뢰라는 게 소개팅 들어올 때랑 비슷한 구석이 있다. 일주일에 몇 개 하는 식으로 규칙적으로 들어오면 정말 너무 매우 진짜 고맙겠는데 어떨 땐 한 주에 막 너덧 개 마감을 해야 하는 주도 있고, 어떨 땐 휴대전화가 고장났나? 싶을 정도로 아무 일도 안 들어오는 때도 있기 때문이다. 심지어 지난주 어느 날에는 무려 하루 다섯 개나 마무리를 해야 하는 날도 있었는데 그땐 정말이지 새벽까지 일을 하다가 의자에서 일어나면 다리가 금방 펴지지 않을 지경이었다. '웃픈' 것은 이런 타이밍에 일을 하다가 도 힘들어서(라고 쓰고 더 이상 머리가 돌아가지 않아서, 라고 읽겠다) SNS에 강아지 사진을 올리면 그 신새벽에 '좋아요'를 남기고 가는 친구들 중 열에 아홉은 작사가라는 현실.

실상 SNS에서 맞팔로우를 하고 있는 작가들 중에는 현실 안면이 없는 분들이 더 많은데, 그럼에도 불구하고 동질감이라고 해야 하나? '아이고, 작가님도 같은 곡 하고 계신가 봐요? 이 곡 코러스 부분 진짜 미치지 않았습니까?' 하는 기분이 들면서 혼자만의 내적 친분이 쌓이곤 한다. 낯가림이 좀 있어서 막상 실제로 만나면 "아, 아, 안녕하세요." 하고 어색하게 인사하겠지만 마음으로는 엄청 반가울 것 같다. 작사가라는 직업은 회사에 나가는 것도 아니고, 직장 동료가 특별히 생길 것도 아니지만 각자 저마다의 작업 공간에서 같이 바쁘고, 같이 고뇌하기에 마음의 거리가 비교적 가깝다. 아무튼 이런 식으로 성수기와 비성수기가 극명한 나의 일은 웬일인지 비성수기에 접어들고 있었다. 이 무렵 나타나는 나의 기질 중 단연 '엄지 척' 하게 못된 것이 바로 불면증이다.

나는 눈앞에 벽을 두고, 너를 등지고 누워 휴대전화를 쥔 채 불면증과 싸우고 있었다. 실상 휴대전화를 손에 쥐고 있는 것부터가 숙면을 기대하기에 글러먹었다는 건 알지만 잠들기 전 인터넷 세상은 진짜 꿀이다.

"지난주에는 그렇게 졸려 하더니."

"안 보여? 나 지금도 엄청 졸려."

선뜻 잠을 못 자고 있을 뿐이지 정말로 졸린 건 맞다. 잠이 온다 → 눕는다 → 눈을 감고 잠을 청한다 → 애매하게 피로가 풀리면서 조금 살 만해지는데 바로 잠이 들진 않는다 → 휴대전화를 본다 → 눈이 피곤하고 잠이 온다 → 휴대전화를 내려놓고 자려고 하면 또 은근하게 깬다의 무한 반복이다. 한 자세로 너무 오래 누워 있었더니 허리와 손목이 슬슬 시큰거린다. 잠깐 척추 좀 펴 줄까 하며 쥐고 있던 휴대전화를 내려놓고 돌아눕는 순간. 두둥! 공교롭게도 때마침 내 쪽으로 뻗어 있던 너의 팔 위로 또르르 굴러 불현듯 너의 팔을 베고 누운 자세가 되어 버렸다.

'어떡하지? 지금 당장 갑자기 도로 돌아누우면 의식하는 거 티 나려나? 쓸데없이 화장실이라도 가야 하나?' 재

빠르게 머리를 굴리며 답을 찾아 헤맸다.

　"그러네. 눈은 졸리네."

　너의 손이 내 눈가를 부드럽게 스치운다. 에라 모르겠
다, 하며 스르륵 눈을 감았다. 왠지 이 상황에는 이래야 할
것 같아서.


　얼른 잠이 들었으면 하고 안달하던 감정이 너의 손길
을 따라 조금씩 옅어지다 이내 스륵 꺼지는 촛불 심지 끝
의 연기처럼 달아났다. 불을 꺼 둔 어둠은 단정했고 나는
창을 넘어 들어오는 옅은 빛에 의지해 너의 얼굴을 마주
봤다.

　"예쁘네."

　내가 말했다. 처음 보았을 때부터 생각했지만 너는 참 예
쁘다. 이목구비가 화려하게 빼어난 것도 아니고 내가 좋아
하는 연예인 누구를 닮은 것도 아닌데. 너를 보면 그냥 '예
쁘다'라는 단어가 입술을 비집고 나온다.

　"어디가 어떻게 예뻐?"

　"그냥, 예뻐."

　어디가 어떻게, 라고 콕 집어서 답하지 못하는 걸 보면
예쁘다의 의미는 확실히 외향적인 부분에 국한되지는 않

는 것 같다. 너랑 마주 보고 있는 이 시간이 예쁘고, 이 순간 보이지 않는 너와 나의 교감도 참 단단하게 예뻤다. 그렇게 너를 예뻐하며 나는 비로소 잠이 들었다.

다음 날에도, 그 다음 날에도 시안 의뢰는 들어오지 않았다. 마감이 몰릴 때는 정말 하고 싶은 일이 많다. 사소한 것부터 그렇지 않은 것까지. 일상 동선에서의 일 중 조금 우선순위가 밀렸던 것들을 속 시원하게 해치우고 싶기도 하고, 대체로 시안을 넘기면서 '오! 나 이거 좀 잘했다! 역시 멋진 나!' 같은 기분보다는 '아 오늘도인가. 오늘도 이렇게 찝찝한 기분으로 메일을 보내고 마는가.' 하고 있을 때가 많기 때문에 지금처럼 시간이 날 때 새로운 소재나 영감을 받을 수 있는 무언가를 해서 인풋을 늘려야 한다. 하지만 막상 '이거 하나만 넘기면 이제 도비는 자유야!' 하고 이 글이글한 눈으로 마지막 시안을 넘기고 나면⋯⋯ 단전에서부터 올라오는 '아이고' 소리와 함께 일단 좀 눕지 않을 수가 없다. 앞에서 말했듯이 나는 누워서 휴대전화를 들여다보는 것과, 각종 관절에 안 좋은 자세로 게임하는 시간을 정말이지 사랑한다. 문제는 때때로 이 순간을 편히 즐길 내면의 여유가 없다는 거지만.

지금은 그나마 좀 덜한데 20대 초중반까지도, 솔직히 말하면 아직도 약간은 이따금씩 시안 의뢰가 고작 일주일 정도만 안 들어와도 '요새 넘긴 게 너무 후졌나?', '내부 평가가 안 좋은가?', '이대로 일이 끊기면 어쩌지?' 하는 불안감이 꼬리에 꼬리를 문다. 이런 밑도 끝도 없는 부정적인 생각의 고리가 끝없이 이어지는 상황이 늘 있는 일은 아니래도, 한번 이런 생각에 꽂히기 시작하면 대체로 끝 간데 없이 멀리까지 흘러가 버리곤 했다. 어렸을 때는 이런 고민들에 날카롭게 푹 찔려서 밤을 꼴딱 새운 적도 여러 번이었다. 돌이켜보면 그냥 그 타이밍에 진행되고 있는 곡이 없었고, 수일 내로 다시 일이 들어오고, 그러다 보면 어느 날엔가는 또 허덕허덕 하고 있었는데도. 그걸 벌써 몇 번이나! 몇 년이나! 반복했음에도 불구하고 여전히 난 익숙해지지가 않는다.

'그러고 있을 바에는 차라리 편히 놀아.' 같은 소리를 너에게마저 듣고 말았다. 그것도 어정쩡하게 누운 상태로.

"지난 주말에 넘긴 게 아무래도 좀 별로였어. 코러스 부분을 이렇게 하지 말고 그렇게 할 걸. 그랬으면 입에 좀 더 잘 붙었을 거 같은데."

"그때는 그 생각이 안 났어?"

"났으면 내기 전에 고쳤지. 생각해 보니까 주제도 좀 흐릿했던 것 같고. 아 맞다! 예지력!"

얼마 전 호수공원에서 장단콩의 배변 타이밍을 앞질러 일러 주던 너의 모습이 불현듯 떠올라 다짜고짜 너를 독촉했다.

"자, 자! 다음 일 언제 들어올 거 같아? 미리 알고 있으면 그거에 맞춰서 놀든지 뭔가 생산적인 걸 하든지 할 수 있을 거 같아서 그래. 응? 언제 들어올까? 작업 기간 며칠짜리?"

"알면 진짜 편히 놀 거야?"

"응응, 완전!"

"공짜로는 좀 그렇고, 저거 해 주면 말해 줄게."

네가 가리킨 곳에는 예전에 예능 프로그램에서 보고 혹해서 샀던 와플 기계가 놓여 있었다. 아, 나도 참. 맥시멀리스트로서의 삶은 죽어서도 이어질 것 같다. 이 죽일 놈의 물욕. 저걸 살 때만 해도 매주 토요일을 와플의 날로 정해 집에서 와플을 굽고 생크림에 과일도 올려서 어엿한 홈 카페를 즐기겠다고 다짐했는데 그것도 부지런한 사람들이나 할 수 있는 일. 집에 생크림이나 아이스크림, 각종 시럽, 과일 등을 항상 구비해 놓고 살 수도 없는 노릇이고 또 그렇다고 덜렁 와플 한 장만 구워서 아무 토핑 없이 투박하게 접시에 턱 올려 놓으면 기분이 나지 않을 게 뻔하다. 즐겁게 만들어 먹고 난 뒤에 설거지나 뒤치다꺼리도 만만치가 않고.

||

"그래서 이걸 다 사야 한다고?"

와플 믹스부터 토핑이 될 만한 재료들이 이것저것 담긴 장바구니를 들고 내 곁을 걸으며 너는 어이없는 표정을 지어 보였다.

"집에 뭐가 없는데 어떡해. 무슨 요술 항아리라고 기계만 덜렁 있으면 뭐가 되는 줄 알았어?"

"뭐라도 다른 걸 하면 전환이 좀 될 줄 알고 대충 눈에 보이는 거 아무거나 말한 건데 일이 커지네."

"앞으로 그런 목적이면 차라리 풀 충전된 게임기를 던져 줘."

"그건 싫어."

"왜?"

"그건 너 혼자서 하잖아. 난 뭐가 됐건 너랑 같이 하고 싶어."

너는 참. 문득 사람을 머뭇거리게 하는 신묘한 재주를 가지고 있다. 그래서 이렇게 같이 걷는다. 너와 함께.

집으로 돌아와 나는 오랜만에 생크림과 과일이 올라간 와플을 만들기 시작했다. 하도 오랜만이라 블로그에 작동법까지 검색해 봐야 했는데 기기 작동법이 워낙 단순해서 금방 그럭저럭 파악이 됐다. 다만 망칠까 봐 조금 두근두근. 기기가 작동하자 오래지 않아 따뜻하게 열이 오른 기계에서 달콤한 와플 냄새가 풍겼다. 기분이 슬슬 들뜨기 시작했다. 돼지의 심장이 빠르게 뛰고 있었다.

삑, 삐빅- 하는 소리와 함께 빛깔 좋게 구워진 와플을 기계에서 꺼내는데 "우와!" 하며 아이처럼 좋아하는 너를 보니 이게 뭐라고 좀 으쓱해졌다.

"잘하네? 진짜 와플 같애!"

"진짜 와플 맞구요. 있어 봐. 한 김 식어야 더 바삭해진단 말이야."

와플을 식힘 망 위에 건져 놓고 그 사이 전동 휘핑기로 생크림을 치고 과일을 손질했다. 소소하지만 또 하나의 답 없는 포인트는 대체 얼마나 많이 쓰겠다고 전동 휘핑기까지 사들인 걸까. 거기에 또 한때 물욕이 넘쳤던 시절 내가 나에게 선물 한 크고 아름다운 접시를 꺼내 와플을 담고, SNS 감성을 엇비슷하게 흉내 내 플레이팅을 했다. 역시 접시는 '거거익선(巨巨益善)'이다. 큰 접시 한가운데 '누구 코에 겨우 붙일' 만큼만 음식을 담으면 웬만해선 다 고급져 보인다. 너는 슬슬 지루하고 또 배도 고파했지만 미안하게도 나는 할 수 있는 한 최대한 예쁜 모양으로 썰고 올리고 담는 것을 멈출 수가 없었다.

"오오! 됐다, 됐다! 봐 봐! 어때? 예쁘지? 완전 예뻐! 나 폰! 사진!!"

어디 가서 손재주 없단 소린 안 듣는다며 나는 꽤나 흡족하게 담긴 와플 접시를 너에게 내밀었고, 너는 내 손에 들린 와플이 아닌 나를 보며 짐짓 우쭐한 표정을 지어 보였다.

"너한테 예쁘다는 거, 엄청 좋은 거였네."

너는 토핑으로 올린 과일을 와앙 크게 베어 물며 와플을 예쁘게 꾸미는 데 집착하는 사이에 내가 그것에 완전 푹 빠져 있는 얼굴이었다는 말을 덧붙였다. 어쩐지 딱히 감춘 것도 없이 무언가를 들킨 기분이 들었다.

Track 5. 배웅과 마중

투명우산 Don't Let Me Go / SHINee

엄마를 만나고 돌아오는 나의 손에는 대개 뭔가 자잘한 것들이 주섬주섬 들려 있다. 어쩌다 보니 원래 네 식구였던 우리 가족은 모두가 성인이 된 지금, 그 누구와도 서로 함께 살 수 없는 각개전투를 이어가고 있다. 재작년에 결혼한 남동생은 1인 가구는 아니지만 어쨌거나 아빠, 엄마, 누나와 함께 살고 있지는 않으니까. 부모님과의 심리적 관계에 대해 나름 최대한 덤덤하게 열 줄 정도 써 내려가다가 방금 전 천천히 한번 읽어 보고는 싹 지우고 그냥 '흔해 빠진 K-장녀' 정도로 간단히 함축하려 한다. 이 정도만 해도 사회적 공감대라는 틀 안에 충분히 많은 의미를 담을 수 있을 테니.

오늘 내 장바구니 속에 들어 있는 것은 엄마가 담근 오이지 외 7종이다.

"여기, 밤고구마도 가져가."

"괜찮아. 이건 엄마 먹어."

"왜? 그거 말고도 많아! 두 박스나 있어."

엄마 세대는 혼자 있더라도 채소나 과일은 한 박스 가격에 두 박스를 판다고 하면 자연스레 두 박스를 사게 되나 보다. 무조건 소포장부터 찾는 '집 떠나 사는 딸년' 입장에서는 볼 때마다 신기하다.

"집에 내가 사 놓은 고구마가 이미 있어서 그래. 상의도 없이 걔들 데려가면 우리 집 고구마들이 얼마나 서운해하겠어?"

"그래? 그럼 지금 걔들한테 카톡으로 좀 물어봐. 친구 데리고 가도 되냐고."

"아, 그럴까? 그러면 좀 덜 기분 나쁘려나?"

엄마랑 대화를 하다 보면 때때로 이런 티키타카가 나올 때가 있는데 자연스레 드립을 주고받으며 같이 키득키득 웃다 보면 어느새 나는 집에 간다고 일어서고 있고, 엄마는 길 막히기 전에 얼른 가라고 내 등을 떠밀면서도 얼굴에는 서운함이 가득하다. 매번 나는 이렇게 실제로 하고 싶고 언젠가 한번은 해야 내 안에 맺힌 것들이 좀 누그러질 말들을 꾹꾹 눌러 묻어 둔다. 그리고는 나를 배웅하는 늙어 가는 엄마를 그 자리에 우두커니 세워 둔 채 심리적 방어선을 높이 쌓아 올리고는 나만의 일상으로 도망친다. 지금은 이게 내가 할 수 있는 최선이다.

버스를 타고 집으로 돌아오는 길. 중간쯤 와서부터 비가 내리기 시작했다. 오늘 비온다는 말이 없었던 것 같은데……. 눈앞에 이미 비가 오고 있음에도 불구하고 굳이 휴대전화를 꺼내 일기예보를 확인했다. 역시 기상 '예보청'이 아니고 '중계청'이라고 속으로 투덜거리며, 어쨌거나 집에 도착할 즈음에는 비가 좀 그쳤으면 좋겠다고 생각했다. 일단 우산이 없고, 손에는 엄마 세트까지 들고 있는 터라 그 마음이 더 간절했다. 내리는 비에 도로 정체까지 더해지자 출발하기 전에 고막도 좀 쉬게 해 준답시고 이어폰을 두고 나온 게 후회가 됐다. 이 정도 시간이었으면 완전히 딱 들어맞는 소재 발굴까지는 아니더라도 한 곡 분석 정도는 충분히 할 수 있는 시간이었다. 이를테면 힘을 줘야 하는 부분이 벌스와 프리코러스와 코러스 중 어디에 배치되어 있는지라든가, 곡의 구성이 어떻구나 하는 것들 말이다. 이렇게 차에서 멍 때리며 보내야 하는 시간에 그런 걸 해야 하는데! 세상 안타까워하는 사이 빗줄기는 점점 더 굵어져 갔다. 오늘 들어 뒀으면 좋았을 곡이 비와 잘 어울리는 노래였으면 좋겠다. 지금 이렇게 허공에서 흩어지는 것 같은 시간이 아깝지 않을 수 있게 말이다.

엄마 집에서 우리 집까지의 대중교통은 같은 경기도 안임에도 불구하고 '아, 내가 왜 여태 면허 안 따고 버티고 있는 걸까' 싶을 만큼 복잡하고 지루하다. 물론 그러다가도 집 앞 버스정류장이 가까워지기 시작하면 '빤짝' 하고 힘이 난다……는 것도 날 좋을 때 얘기. 오늘은 정말이지 비가 왜 이렇게 오나! 싶기만 하다. 이윽고 내려야 할 버스정류장이 한 정거장 앞으로 다가왔다. 하차 벨을 누른 뒤 배터리가 거의 남지 않은 휴대전화를 단단히 챙겨 주머니에 넣었다. 가방과 엄마 세트를 주렁주렁 들고 자리에서 일어나 심란한 표정으로 하차 문 앞에 서서 창밖을 바라보는데

"어!" 나도 모르게 소리가 튀어나왔다. 버스정류장이 시야에 들어오기 시작하면서 그 안에 나를 마중 나온 네가 보인 탓이다. 지금 이 순간 네가 점점 더 크고 선명하게 보이는 것은 물리적인 이유일까 아니면 심리적인 이유일까.

"왜 여기 있어?"

버스에서 내리며 아마도 나는 엄청 반가운 얼굴을 하고 있었을 것이다.

"비 오잖아."

짧은 대답과 함께 너는 내 앞에 보란 듯 우산을 펼쳐 보였다. 순간, 하얀 손잡이가 달린 투명한 우산이 시간과 함께 눈앞에서 스르륵 오버랩됐다.

||

"먼저 갈게."

그때 내가 한 마지막 말이었다. 그 애는 대답 대신 자기 손에 들려 있던 투명한 우산과 함께 나를 빗속으로 돌려보냈다. 서로가 할 만큼 해서, 서로에게 주어진 사랑의 감정을 충분히 나누었다고 생각해서 단단할 수 있던 날이었다. 기본적으로 서로를 아끼고 마음에 품었던 사이에 좋은 이별이라는 건 없지만 어른과 어른의 만남이었던 만큼 최대한 나쁘지 않은 이별을 하고 싶다는 다짐이 있었고, 그런 부분에서 같은 공감대를 가지고 있었으니 그 애와 나의 이별은 그럭저럭 좋은 이별에 속했던 것인지도 모르겠다.

뭐 지금도 보살이 된 건 아니지만, 어릴 때는 정말이지 모든 감정의 명도와 채도가 미치도록 쨍했다. 좋고 싫은 게 강박적이리 만큼 확실했고, 들이받고 싶을 때는 부드러운 방법을 찾기보다는 참지 않는 것이 멋져 보였다. 그리고 완전 아웃사이더까지는 아니었지만 단체 생활이라는 이름으로 강요되는 무언가를 몹시 불합리하다고 여겼다. 그래서였을까. 정신을 차렸을 때는 이미 교수님과 면담 중이었다.

"그래도 학과 전체 답사는 전통이니 되도록 가야지."

"모두를 행복하게 할 수 없다면 누군가에게는 나쁜 전통일 수도 있지 않을까요."

지금 생각하면 와 정말, 패기라는 것이 쩔어 버렸다. 요점은 다름 아닌 '학과 전체 학생들이 지방 방언 수집 답사를 가는데 왜 너는 못 가겠다고 하느냐'였고, 1학년 때 어영부영 그 답사를 경험했던 나는 '이게 과연 반드시 참석해야 하는 의무사항일 수 있느냐'고 주장하는 중이었다.

학우들 사이에 갹출하는 금액이 부담스러운 사람도 분명히 있을 것이며, 무려 4박이나 진행되는 이 행사를 위해 매일, 매주 아르바이트를 하는 학생들은 그만큼의 수입을 포기하고 아르바이트를 빼야 하는 상황도 있을 수 있다. 1학년 때 갔던 답사에서는 밤마다 술을 참 많이도 마셨다. 나를 비롯해 술을 안 마시는 학우들도 있는데 밥은 그렇다 쳐도, 내가 낸 적지 않은 참가비 중 꽤 많은 부분이 그 술값에 당당하게 쓰인다는 것도 불편했다. 어디 그뿐이랴, 짧지 않은 여정에 여학우들은 생리적인 측면에서도 불편한 게 많은데 우리 과는 전공 교수님들이 다 남자분들이라 이런 부분들은 아예 논의조차 되지 않고 있었다. 이런 이야기를 나름 최대한 정색하지 않고 조곤조곤 이야기하고 나왔다.

나는 결국 답사를 가지 않은 채 출석 인정을 위해 그 기간에 학교에 나갔다. 그리고 텅 빈 과방에서 사물함을 정리하고 있을 때 그 애가 과방 문을 열고 들어왔다.

"너도야?"

"너도네."

그냥 같은 과 동기 정도에 불과했던 그 애와 내가 서로 닮은 구석을 제법 많이 가지고 있을지도 모른다는 기대감을 처음 갖게 된 순간이었다.

내 안에서 치고받는 모난 구석이 감춰지지 않던 그 시절의 나도, 그런 나와 함께했던 그 애도. 우리는 그 치기어림을 함께 지났고 같이 사회에 던져지고, 둥글게 마모되어 갔다. 주체되지 않는 그 감정 선들을 지치고 질리도록 주고받으며 그 애와 나는 제법 비슷한 결의 어른이 되어 갔던 것도 같다.

쏟아지는 빗속에서 그 애가 준 우산을 쓰고, 그 애로부터 멀어지면서 사실 그 이별에 대한 엄청난 확신 같은 것은 없었다. 다만 여기서 내가 돌아서고 그 애와 다시 눈을 맞추면, 그래서 우리의 관계가 거기에서부터 다시 이어진다면 우린 다시 행복할 수 있을까. 쏟아지는 빗속에 이 터질 듯한 순간을 떠내려 보내고 다시 아침이 오면, 우리가 지금과는 다른 결과를 향해 갈 수 있을까. 그에 대한 답이 집에 도착하는 순간까지 정해지지 않았던 것뿐이다. 그래도 적어도 거기서 그 애와 나의 관계에 담담한 마침표를 찍는다면 언젠가 시간이 많이 흘러 우연이라도 다시 마주치게 되었을 때 "안녕?"이나 "오랜만이네." 같은 말들이 그럭저럭 어울릴 수도 있을 것 같았다. 그래서 우리는 거기서 막을 내리기로 했다. 놀랍도록 덤덤하게 둘 다 그 뒤로 서로를 찾은 적이 없으니 그 애 역시 같은 생각이었을 것이다. 그 애가 건넨 우산은 빗물처럼 투명해서 우산을 쓰고 있어도 밤하늘의 색이 그대로 머리 위로 쏟아져 내렸다. 밤의 비는 그랬다. 이 비가 그치더라도 무지개를 볼 수는 없을 것이었다. 집으로 돌아와 그 애의 우산을 펼쳐서 말려 두고 나는 집에 들어온 여느 평범한 날처럼 잠이 들었다. 다음 날 늦은 오후, 물기가 완전히 걷힌 우산을 잘 말아서 우산들이 보관되어 있는 곳의 가장 깊숙한 곳에 넣어 두는 것으로 그 애와 함께했던 나를 떠나보냈다. 지난 밤 자신을 등지고 걸어가는 나의 뒷모습을 보면서 그 애는 어떤 생각을 했을까.

ll

하고 많은 우산 중에 왜 하필 이걸 꺼내 들고 왔느냐고 툴툴거리는 것도, 구태여 이 투명우산을 벗어나 굳이 쏟아 지는 비를 맞으며 집으로 들어가는 것도 참 둘 다 별로였 다. 어찌 할 도리 없이 그 애가 마지막으로 쥐여준 우산을 너와 함께 쓰고 걸었다. 버스정류장에서 집까지는 걸어서 5분 정도의 거리였는데 오늘따라 그 5분이 참 길게 느껴졌 다. 어쩌면 이 우산 아래에는 여전히 그날의 빗소리가 울 려퍼지는 것 같기도 했다. 비에 젖은 기분이 발밑으로 가 라앉으려는 찰나, 갑자기 탁! 하고 켠 백열등의 눈부신 빛 같은 너의 목소리가 밤을 비집고 들어왔다.

"비 오잖아. 내 쪽으로 더 들어와."

나는 문득 멈춰 섰다. 투명한 우산 아래의 너를 가만히 마주 올려다봤다.

"왜?"

나는 대답 대신 너의 어깨에 툭 하고 이마를 기댔다. 이

마에 닿는 촉감이, 온도가 지금 내리고 있는 새로운 빗소리와 함께 온유하게 가슴으로 흘러드는 밤이었다.

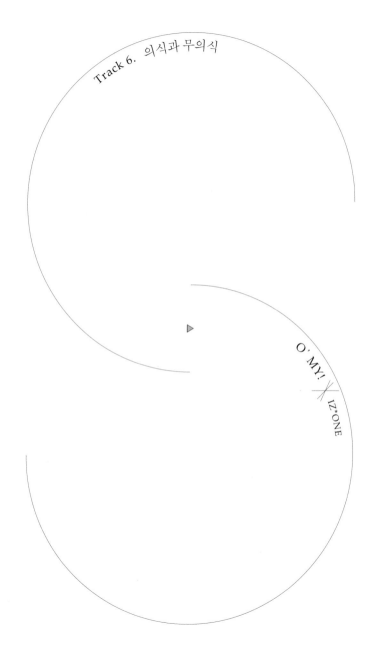

Track 6. 의식과 무의식

O' MY! ╳ IZ*ONE

다음 날, 언제 그렇게 비가 쏟아졌냐는 듯 창밖의 풍경은 평소와 다름없는 상태로 되돌아왔지만 안타깝게도 나의 상태는 그렇지 못했다.

"왜 그래?"

"뭐. 내가 뭐!"

"아니, 손에 그거."

"손이 손이지, 뭐……?"

이거 뭐지? 강아지가 가지고 놀다가 망가뜨린 옥수수 인형을 꿰매 주던 중이었는데 접합수술이 망했네. Oh my……!

"…… 난 좋은데? 이렇게 뒤집어서 꿰매 놓으니까 새로운 장난감 같잖아! 그치 장단코옹!"

장단콩은 대답이 없었다.

다행히 뜻밖의 괴작을 싫어하는 것 같지는 않았다.

"오구 좋아~ 옥수수가 좋아~"

"싫어서 다시 망가뜨리려는 것일 수도 있어."

아, 그런 건가. 일을 할 때는 철저히 자발적 독방 신세 상태이기 때문에 그나마 너로부터의 신경 쓰임을 조금 덜 수 있었다. 새로 받은 아이즈원의 데모는 매우 신이 났기 때문에 이 곡에 녹아들어 즐기기에도 벅차 다른 감정이 파고들어 올 틈이 없었다. 그러나 문제는 작업이 끝난 다음이다. 아 이제 좀 나가서 간식도 먹고 쉬고 해야겠다! 하고 컴퓨터를 <u>끄고</u> 돌아서는데…… "오늘은 빨리 끝났네?" 기다렸다는 듯 반기는 너의 얼굴에 잠시 뇌가 고장이 났다. '아, 어떡하지? 뭐지? 여기서 일이 끝났다고 하면 다시 너랑 일대일 매치로 돌아가야 하는 거지?'

"아닌데? 커피 가지러 나온 건데?"

불편하다, 불편해. 생각도 없던 커피만 한 잔 손에 든 채 나는 다시 컴퓨터 앞에 격리되고 말았다. 그런데 잠시 생각해 보니 불편한 게 당연한가? 싶기도 했다. 나는 애초에 몹시 개인주의자가 아니었던가. 맞다, 그거다! 원래 나는 누군가와 어울리는 것이 좀 서툴다. 좋아하는 사람들이랑 만나서 즐겁게 식사하고 대화를 하더라도 그대로 밤을 쪼개는 게 아니라 일정 시간이 되면 집으로 돌아와서 혼자만의 충전 시간이 필요한 사람이다. 그런데 너의 등장 이후 나는 오롯이 혼자였던 시간이 1분도 없었다. 생각할수록 '아, 그래서!'였다. 요 근래 나를 관통하는 불편함의 정체를 파악하고 나니 급작스레 감정 기복이 널을 뛰었다. 그래서 그렇지!? 아하하! 그럼 그렇지~ 유후~ 이러언~ 호우!! 대략 이런 상태랄까?

"나, 내일 나가!"

급작스레 책상을 박차고 나가 포부도 당당하게 나는 너에게 선언했다.

"어디 가는데?"

"어디든. 오랜만에 나 혼자서 오롯이 나의 감정에만 집중하는 시간을 좀 가져야겠어. 원래 내가 좀 그래. 이래 봬도 글 쓰는 사람이라 예민하고."

"하긴. 어릴 때부터 혼자 노는 거 제일 좋아하는 건 한결같더라."

"어?"

"이래 봬도 오래전부터 너를 지켜봤잖아."

무슨 의미인지 너는 은근하게 웃어 보였고, 나는 순간 얼음이 된다.

"너 관음증이지? 어!"

너는 대체 나의 어떤 모습까지를 지켜본 걸까. 너랑 있으면 기분이 하루 종일 격하게 롤러코스터를 탄다.


날이 바뀌고 나는 혼자만의 시간을 갖겠다고 했던 선언을 지키기 위해 화장대 앞에 앉았다. 요즘 주로 집에서만 일을 하다 보니 얼마 만의 화장인가 싶었다. 한때는 나름 입술이 한 개, 눈이 두 개뿐이라 서운했던 코덕(화장품을 유난히 좋아하는 사람을 뜻하는 '코스메틱 덕후'의 줄임말) 생활을 좀 했던지라 화장대에는 아직도 반짝이는 케이스를 자랑하는 색조 제품들이 많았다. 누구를 만나기로 한 것도 아닌데 오랜만에 시간과 정성을 다해 화장을 했더니 또 기분이 살짝 업(up)되었다. 원피스를 꺼내 입고 가방이랑 구두가지 풀세트로 착장한 뒤 "집 잘 보고 있어!" 하고 집을 나섰다.

일단 오늘의 목표는 나에게만 집중하고 나를 위한 시간을 쓰는 것이었기 때문에 어디를 가는지는 중요하지 않았다. 혼밥도 잘하고, 혼자 쇼핑을 하거나 영화를 보거나 하는 데도 딱히 눈치를 보지는 않는 성격이라 막막한 느낌도 전혀 없었다.

프리랜서 생활은 장점과 단점이 분명하다. 그중에서도 내가 최고의 장점으로 꼽는 것이 바로 직장인들이 한창 바쁜 평일 낮에 뭐가 됐든 내가 하고 싶은 것을 할 수 있다는 것이다. 비슷한 맥락에서 비수기에 최저가로 여행을 갈 수도 있는데, 대신 나 같은 경우 어딜 가든 노트북과 포켓 와이파이는 필수다. 근 몇 년간의 여행 중 여행지에서 일을 하지 않은 적이 단 한 번도 없으니까. 비록 극성수기가 주는 태양의 절정 같은 것은 느끼지 못할지라도 비수기의 여행은 꽤 매력적이다. 상대적으로 인파가 덜한 상태에서 조금 더 여유 있게 여행을 만끽할 수 있고, 숙박에서 아낀 비용으로 현지 식당의 메뉴판에 적힌 가격표를 조금은 덜 의식할 수 있다. 기념품숍 같은 데 가서 '필요하지 않은 물건'을 살 때의 죄책감도 덜하다. 물론 단점도 있다. 퇴근이 없는 삶…… 이건 때때로 몸과 마음에 치명적이다.

일단 근처의 대형 서점으로 향했다. 요즘은 음원 시장이 주류이기는 하지만 카세트테이프와 CD 세대를 거친 옛 사람의 관점에서 CD는 그래도 뭔가 실체가 있어서 그런지 '구매'한 것 같은 만족감이 있는데, 음원은 돈 주고 샀음에도 불구하고 친구가 듣고 있던 음악을 이어폰 한쪽만 건네받아 얻어 듣는 기분이다. 그래서 CD 매장은 여전히 나에게 특별하다. 보물섬처럼 반짝반짝 빛이 난다.

"와, 대박! 진짜 크고 아름답고…… 정리하기 나쁘다."

언제부터인가 CD가 하나의 굿즈가 되어 버리더니 두께와 스케일이 점점 커진다. 라떼는 말입니다, CD는 동일 규격의 얇은 플라스틱 케이스에만 들어 있었다! 그 케이스 너머로 폰트 사이즈가 한컴 기준 한 7~8포인트쯤 될까 싶은 글자들로 빼곡한 가사집 겸 사진집이 들어 있었는데 이걸 그 홈 사이에 잘 맞춰서 넣어야 '오빠들' 사진이 안 구겨지고 얌전히 들어간다. 자칫 어디 부딪히거나 별로 높지도 않은 곳에서 떨어뜨려도 케이스가 박살이 나서 아주 가슴을 찢어 놓고, 그렇게 되고 나면 투명 테이프로 깨진 부분을 붙여 봐도 잘 안 닫힌다(엉엉). 그리고 자고로 CD란 지문이 찍히면 안 되기 때문에 케이스에서 넣고 뺄 때 아주 조오심 조오심, 그리고 가끔 숙제가 많을 때(=하기 싫을 때) 죄다 꺼내 놓고 입김을 하! 하고 분 다음 안경 닦는 수건으로 꼼꼼이 닦아 주면 그렇게 뿌듯할 수가 없다. 그거 싹 정리해서 CD장 안에 가수별로 각 딱! 잡고 최종적으로 먼지 싹! 치워 주고 탁! 하고 쫘악! 추욱! 하면 기분이 그야말로 째진단 말이다! 정렬에 대한 강박증이 있는 사람이라면 지금 그 순간을 떠올리기만 해도 소름 끼치게 좋을 것이다. 그런데 요즘 나오는 CD들은 도통 나란히 꽂는 맛이 없다, 쯧쯧.

요즘 나온 신보들을 신나게 구경하고 다음 코스는 전부터 한번 꼭 가 봐야지 했던 카페! 탄수화물 중독자답게 디저트행 롤러코스터를 타기로 한다. 반짝거리는 쇼케이스에는 SNS에서 사진으로만 봤던 아기자기한 디저트들이 각자의 매력을 뽐내고 있다. 노트북을 가지고 나오지 않아 카페에 오래 머무르기는 조금 부담스러웠기 때문에 짧고 강렬한 티타임을 즐기기로 작정하고 시계를 보고 있는데, 아하하, 이런 이런! 매장에서 랜덤으로 틀어 두었을 노래가 다음 노래로 바뀌며 내가 작업한 아이즈원의 노래가 흘러 나왔다. 나도 모르게 수줍어지는 순간. 나가려던 걸음을 멈추고 이 곡이 끝날 때까지만 앉아 있기로 했다. 활동곡도 아니고 수록곡인데 어떻게 딱 틀어 주셨지? 아이즈원 팬이신가? 하고 고개를 들어 카운터를 돌아봤다.

로드숍과 의류 매장을 구경하고 발이 두 개뿐이라 아쉬운 구두도 한 켤레 샀다. 오랜만에 강아지가 없이 하는 혼자만의 산책도 즐겼다. 자주 걷는 호수공원인데 강아지가 아닌 주변을 보며 걸으니 이제서야 풍경이 눈에 들어온다.

즐기자! 부지런히! 끼니때 맞춰 식당에 들어가 밥도 먹고! 마치 가성비 좋은 패키지 여행 일정처럼 잠시의 틈도 없이 움직이고 또 뭔가를 하고, 또 하고, 또 하니…… 지친다 지쳐.

CD 매장을 구경하고 나오던 즈음부터 어렴풋이 느꼈으나 해가 뉘엿뉘엿 저물어 가는 모습과 남은 체력을 보니 더 확실해졌다. 이래가지고는 어제 너와 단둘이 있는 시간을 회피하기 위해 컴퓨터 앞을 떠나지 못했던 것과 다를 바 없다는 것을. 네가 좋아했던 초콜릿 과자와 빵 몇 개, 그리고 강아지 간식 몇 봉지를 사서 집으로 향했다.

"이거 내 거야?!"

"이 중에 네 것이 있는 건 맞지만 내가 지금 들고 있는 건 장단콩 거야."

"아아, 오! 이거 그때 그 과자네? 단종됐다고 하지 않았어?"

"흠흠. 손목 나가도록 열심히 벌어서 산 거니까 소중하게 음미해."

"나한테 하는 말이야? 아니면 강아지?"

"너희 둘 다."

하루 종일 구두를 신고 쏘다녔더니 발도 종아리도 정말 아팠다. 한때 킬 힐이라는 게 유행하던 때가 있었다. 일단

앞굽 5센티미터를 시작으로 뒷굽은 13센티미터쯤 되어줘야 '아, 이게 구두구나!' 하던 때! K 걸그룹 멤버들은 그 무시무시한 걸 신고 칼군무마저 해 내야 하니 얼마나 힘들었을까. 그런 구두에 끝도 없이 짧은 치마와 반바지를 입던 그 시절은 돌아보면 정말 유해했다. 워낙 유행이라 그땐 나도 그런 걸 신고 지하철 타고 등하교도 하고 출근도 했는데…… 미쳤었나? 거기에 화장을 오래 하고 있다 보니 얼굴이 답답하고 눈도 침침했다. 오늘 나는 네가 내 삶에 불쑥 들어온 이후 가장 불편한 하루를 보냈다.

씻고 편한 옷으로 갈아입고 나와서 너와 나란히 앉았다. 집에서 끓인 커피에 과자를 나눠 먹으며 오늘 하루 내가 없는 사이 얼마나 너의 시간이 더디 갔는지 토로하는 너의 말을 듣고 있자니 그제서야 편안히 웃을 수 있었다. 한동안 나는 내 감정을 어떻게 판단하고 정의해야 할지 몰라 그저 회피로 일관했는데 너는 처음부터 참 일관되게도 너의 감정을 순수하게 드러냈다.

"그러니까 당분간 혼자 외출하지 마."

"왜?"

"같이 있어. 네 곁에 머물 수 있는 게 언제까지일지도 모르는데."

O'MY!

'덜컥' 하고, 잊고 있던 너와의 관계성이 운석처럼 내리

꽂혔다. 비가 오던 그 밤 이후 네가 부쩍 불편한 이유를 이제 확실하게 알 것 같다.

나는, 너를 좋아한다.

나에 대한 모든 감정을 투명하게 드러내고 있는 너 못지않게.

Track 7. 새벽의 틈새에서

▷

나를 그리는 시간 Drawing Our Moment

태양

고등학생 때 나는 종종 얼굴도 모르는 너의 꿈을 꾸곤 했다. 아마도 꿈이라는 것이 무의식의 반영이기에 가능했던 것 같다. 잠들기 전 온통 너에 대한 상상을 하다 보니 꿈속에서도 나오는 것이다. 드라마나 영화 속이 아닌 일상의 평범한 꿈들이 대개 그렇듯 너의 꿈 또한 딱히 드라마틱하지는 않았다. 그저 매번 기막히게 너의 얼굴을 피해 간 앵글을 유지한 채로 너는 나의 방 안에 함께 있기도 했고, 등굣길을 함께 걷기도 했으며, 너무나 자연스럽게 나의 일상 동선 구석구석에서 함께하고 있었다. 대체로 하나의 맥이 없는 단편, 그리고 또 다른 단편들이었는데 그 단편들을 모은다고 하더라도 하나의 큰 그림 같은 건 절대 나오지 않는 휘발성의 꿈들이었다. 덕분에 그때의 꿈들 중 기억나는 장면은 없다. 다만 너의 꿈을 꾸고 난 다음 날은 왠지 모르게 기분이 좋았던 것만큼은 여전히 기억하고 있다.

그리고 실로 오랜만에! 나는 네 꿈을 꾸고 있었다. 아주 잠시 고개를 갸웃한 순간이 있긴 했지만 지금 이곳이 꿈속의 공간인 것은 확실하다. 왜냐하면…….

"와, 교복 오랜만이네."

교복을 입은 내가, 다시는 돌아갈 수 없는 그 시절의 내 방에, 이제는 얼굴을 온전히 다 드러낸 너와 마주 앉아 있었기 때문이다.

"왜 굳이 이런 꿈까지 꿔야 하는 걸까. 확인 사살 이미 끝났는데."

"지금 이 꿈 별로야?"

"확 별로일 건 없는데. 좀…….."

나는 말을 삼키며 내 두 팔을 엇갈려 팔짱을 딱 끼고, 온몸으로 방어적인 자세를 뿜뿜 하며 너를 바라봤다. 갑자기 네가 싱그럽게 웃는다. 뭐지? 내가 방어하면 너는 더 적극적으로 공격하겠다 뭐 이런 건가?

"…… 좀 갈등하게 되지. 왠지 주도권을 넘겨 준 것 같은 기분에 되레 철벽을 치거나."

"치고 싶어?"

네가 장난스레 웃으며 불쑥 거리를 좁혔다. 와, 씨. 가까워.

"이래도?"

"이럴수록!!!"

나는 두 팔을 세게 뻗어 너를 확 밀쳐 내며 캄캄한 방에 불을 켜듯 꿈에서 깨어났다. 꿈속의 너는 내가 하던 '철벽을 치거나'의 다음에 붙을 말을 이미 알고 있었던 것이 틀림없다. 당황스러운 마음에, 혹은 너에게 휘둘리는 나의 모습을 감당하고 싶지 않아서 더 지독하게 철벽을 치거나, 아니면…… 진짜 한번 막 살아 봐?! 하는 상상을 하게 된다.

헝클어진 머리를 쓸어 올리며 부스스 상체를 일으키는

데 주방에서 찻잔을 들고 나오는 너의 모습이 보였다.

"그 컵 내 건데."

"응!"

"그 많은 컵 중에 굳이 그걸."

"제일 앞에 있어서."

그래, 그게 뭐 그렇게 큰 의미가 있겠어.

그러고 보니 너의 잠든 모습을 본 기억이 딱히 떠오르지 않았다. 나란히 누워서 별다를 것이 없는 이야기들을 나누다가 주로 내가 먼저 잠이 들곤 한다. 내용은 대체로 일과 관련된 이야기들인데 아마도 자려고 눕기 직전까지 책상에 앉아 일을 하고 있었기 때문일 것이다. 전에는 혼자서 이리저리 고민을 하다가 쫓기듯 잠이 들곤 했지만 너의 등장 이후 나는 일하면서의 고민이라든지, 떠오르는 생각들을 반쯤은 혼잣말 하듯 너에게 이야기하다가 잠이 들곤 했다.


"나 진짜. 열 살 어렸으면 〈쇼미더머니〉 도전했을 것 같아."

"데모에 랩이 많았어?"

"어, 엄청. 근데 막 속사포. 음이 안 따져. 2배속으로 느리게 재생하는 방법이 있다고 하던데 어떻게 하는지를 몰라. 그렇게 하면 좀 나을 것도 같은데."

"찾아보지."

"그거 찾아보다가 나 분명히 딴 길로 샌다에 내일 먹을 떡볶이 건다."

"아, 진지하네."

"랩도 차라리 정박이면 시조 쓰듯이 어떻게 해 보겠거든? 새야 새야 푸른 새야 뭐 이런 식이면 그냥 천천히 하면 된단 말이야. 근데 요새 랩은 너무 힙하다. 힘들어. 못해먹겠어."

"못 해먹겠는데 〈쇼미더머니〉를 어떻게 나가?"

"쏘 왓?! 너는 또 이렇게 허를 찔러! 내 안의 힙! 합! 에 불을 질러! Yaaaaa~"

"맙소사."

"정색은 아직 일러! 이 밤 나는 내일 먹을 떡볶이의 각을 재는 킬러! 너도 한 입 얻어먹고 싶다면 소리 질러! 난 또 한 번 카드사의 돈을 빌려!"

"나가. 〈쇼미더머니〉 나가. 당장 나가."

그 밤, 힙합 경연에 나가도 된다고 친히 허락해 주는 너의 목소리 위로 나의 라임 놀이는 내가 잠이 들 때까지 한동안 계속 되었다. 주접은 중독이라 한번 입이 트이면 멈출 수가 없다.

아마 또 내가 먼저 잠이 들었을 거다. 네가 잠드는 모습을 나는 보지 못했으니까.

'또 그 꿈이네.'

놀랍게도 지난번의 엔딩 점에서 꿈이 이어지고 있었다.

"네가 이럴수록 나는 성격대로 더 엇나가거나! 아니면!"

너는 나에게 밀쳐져 내 침대 위에 쓰러진 채 웃으며 나를 바라보고 있었다.

"진짜 막 자극적인 전개에 도전해 볼까 고민하게 된다고! 그리고 그런 전개는 지금 옷차림에 안 맞아! 보이지? 나 교복! 심의 준수. 오케이?"

이쯤 하자는 의미로 나를 올려다보며 누워 있는 너에게 손을 내밀었다. 여전히 웃는 얼굴로 네가 내 손을 잡는다. '얼른 잡고 일어나라 멍충이여'라고 생각하고 있는데…….

"미쳤구나."

짧은 찰나. 네가 내 손을 끌어당기고, 나는 너의 위로 포개어졌다.

"미쳤다고 하기엔 약하지 이 정도는. 아직 심의 안이잖아."

"너 말고."

"어?"

"나. 나 미쳤다고."

말을 끝으로 내가 너의 양 볼을 감싸 끌어당겨 입을 맞추는 순간, 어디선가 낮은 빗소리가 들려오기 시작했다.
이 꿈 너머 현실에 내리는 새벽 비가 나를 부르고 있었다.

　낮은 빗소리에 잠에서 깨
　더 깊이 잠든 널 바라볼 때
　내가 느낀 모든 떨림

‖

　어스름한 새벽, 정말 일이 많이 늦어졌을 때는 이 시간
에 겨우 누울 때도 있지만 오늘은 이 새벽에 홀로 잠에서
깨 잠든 너의 얼굴을 바라봤다. 처음 보는 모습이었다. 마
치 조금 전 그 꿈의 뒤에 이어지기 위해 이 순간이 존재하
는 것처럼 너는 곤히 잠이 들어 있었고 나는 모로 누워 꽤
나 근거리에 마주 놓여 있는 너의 얼굴을 시선으로 어루
만졌다.
　너의 얼굴, 그리고 너의 너머로 펼쳐져 있는 유리창이
보여 주는 새벽의 색깔, 들려 주는 빗소리, 그 모든 것들
안에 나는 쉬어 가고 있는 듯한 기분이 들었다. 너를 마
주 보고 있는 것은 생각보다 마음이 편안해지는 일인지
도 모르겠다.
　꽤 많은 것을 마음에서 비워 냈다고 생각했다. 나의 삶

을 마주 보는 태도에 대해서도 이제는 그럭저럭 여유가 생겼다고. 비 맞아 젖으면 말리면 되고, 해가 쨍하면 밤이 오기를 기다리면 된다고. 결국엔 내가 벌이지 않은 일들의 매듭은 내가 지을 수도 없더라는 것을 몇 번이나 경험하며 나는 이제 '어른'이 되었으니, 나는 이제 어지간한 것들은 다 괜찮아도 괜찮다고 말이다. 그렇게 비워 둔 마음속에 네가 찾아왔다.

　말을 걸거나 손을 뻗으면 네가 깰까 봐, 물론 네가 잠에서 깨는 것은 새삼스러울 것도 없는 일이지만 네가 깨어나는 순간 나는 다시 긴장상태로 접어들 것이고 네가 던져 내는 감정들을 손에 쥐었다가, 때론 놓았다가, 당겼다가, 멀리 던졌다가 하느라 바쁠 것이 분명했으니 지금처럼 너는 잠이 들어 있고 나는 내 마음으로부터 한 걸음 물러나 너를 바라볼 수 있는 이 순간을 조금 더 누리고 싶어서, 잠든 너의 얼굴을 바라보며 이 새벽 위에 나의 천국을 덧그리고 나의 천국을 담은 색을 그 안에 칠해 보는 중이었다. 네가 말했던 그 나만의 천국을.

　'만나러 와 주어서 고마워.' 하고 나 혼자서만 마음으로 속삭이면서. 그리고 그 순간이었다.

　"나도 고마워. 다시 나를 떠올려 줘서."

　뭉클한 순간. 너의 짧은 문장으로 내가 그리던 천국이 완성됐다.

Track 8. 채.찍.질

Whiplash X THE BOYZ

왜 저러고 있는 걸까.

외출에서 돌아온 지 약 3분. 의문에 찬 내 시선은 세상 누가 봐도 수상할 정도로 유난히 불룩한 실루엣을 자랑하고 있는 암막커튼으로 향해 있었다. 너는 대체 저기 숨어서 뭐 하고 있는 걸까. 한 가지 의문을 더 보태자면 대체 언제부터 저러고 있었던 걸까.

"오구오구, 우리 장단콩 잘 있었어? 오구! 간식을 싸그리 싹싹 다 먹었어~?"

시선은 여전히 커튼을 향한 채, 반갑다고 점프를 하는 강아지를 재빨리 끌어안아 토닥였다. 슬개골 아껴 강아지야. 제발 점프 좀 하지 마. 강아지의 흥분이 어느 정도 가라앉았다 싶어 바닥에 내려놓은 다음 나는 겉옷을 벗으며 집 안의 풍경을 크게 눈으로 훑었다. 뭔가 사고를 쳤나 싶었다. 아니 그런데 사고 쳐서 은신한 거면 집 안에 숨을 게 아니라 밖으로 도주하는 게 효율성 면에서 낫지 않나?

"오구, 왕자님! 쉬야도 하나도 실수 안 하고! 오구!"

어차피 너는 그 뒤에 숨어 있느라 내 동선이 보이지 않을 것이므로 나는 입으로는 장단콩을 돌봐 주는 듯한 대사를 뱉으며 너의 동태를 살폈다. 안에서 얼핏 움찔움찔하는 것도 같았다. 왜 저런대. 일단 뭔가 사고 쳐 놓은 건 없는 것 같긴 한데. 그냥 나오라고 할까, 하다가 순간 너 못지않게 유치한 생각이 떠올랐다. 자고로 예능 신께서 이르시기를, 장난에는 장난으로 대응해야 한다고 하셨으니까. 그래서 나도…… 숨었다, 소파 너머로. 그리고 한쪽에 세워져 있는 거울을 예의주시했다. 한동안 조용하고 나의 기척이 느껴지지 않자 커튼 너머로 네가 머리를 쏙 내밀었다. '어라?' 하는 너의 표정. 그리고 이윽고 네가 갸우뚱한 얼굴로 커튼에서 빠져나오는 순간!

"거기서 뭐 했어?"

나는 '우왓!' 하고 돌진하듯 불쑥 튀어 나갔고, 너는 깜짝 놀랐다. 이거 왜 하고 있는 건지는 모르겠지만 일단 나의 승리! 라는 기분에 만족감이 들었다.

"왜, 갑자기 튀어나와!"

"내가 할 말이야. 거기 왜 숨어 있어?"

"…… 알았어?"

"우리 지금 일곱 살이야? 계속 모르는 척해 줄 걸 그랬어?"

어이없는 표정으로 되물었다. 대체 왜 거기 그러고 있었느냐고 한 번 더 물었는데 너는 납득할 만한 대답 대신 머쓱한 표정으로 "뭐 그냥." 하고 얼버무렸다.

이해할 수 없는 너의 시도는 그 뒤로도 몇 번이나 계속됐다. 무선 이어폰 케이스를 열었더니 진짜 콩나물이 들어 있다든지, 아무 생각 없이 책상 의자에 앉았는데 온열 방석 밑에서 장단콩의 삑삑이 장난감이 갑자기 삑! 하고 울린다든지. 대체로 뭔가 나를 놀래고자 하는 목적을 가지고 있는 유치하기 짝이 없는 장난들이었다. 그리고 급기야 저녁식사 후, 이건 진짜 선 넘었다, 하는 장면이 이어졌다.

"싸우자는 거야?"

싸늘히 묻는 내 손에는 한 입 넣는 순간 두 개 더 먹고 싶어진다는 바닐라 아이스크림이 들려 있었다.

"…… 도망갈 시간 줄 건가?"

너는 어색하게 눈치를 보며 시선을 피했다.

"아니. 그럴 리가. 미치지 않고서야 나의 최애 아이스크림에 소금을 뿌려 놓은 죄인을 쉽게 놓아줄 리가? 와 앉아. 딱 앉아."

단호하게 나가기로 했다. 아이스크림도 아이스크림이고 대체 왜 자꾸 이런 짓을 하는지 이번에야말로 듣고 말겠다는 마음이었다.

"왜 그래, 어? 별것도 아닌 걸로 사람 자잘하게 놀래고, 어?"

"놀라긴 했어?"

"놀랐어. 그 끝 간데없는 유치함에."

"그런 거면 안 되는데……."

"안 되는 건 알아? 그걸 알면서도 그래?"

팔짱을 끼고 삐딱하게 서서 이번에야말로 그냥 넘어가 주지 않을 것임을 온몸으로 뿜어내자 너는 그제서야 머뭇머뭇 말을 이었다.

"아니…… 너 어제 쓰다 만 가사…… 잘 안 써지는 것 같아서 도와주려고…….”

순간 나는 어제 늦은 밤, 첫 줄을 써 놓고 더 이상 진도를 빼지 못해 거기에서 멈춰 저장한 댄스곡의 가사를 떠올렸다.

잠든 내 심장이
깜짝 놀라 달리게 깨워 Please

벙찐 나의 표정 위로 복합적인 감정들이 교차했다. 현실에서 깜짝 놀라는 경험을 하면 일하는 데 도움이 될 거라고 생각한 모양인데 아니 그 감정이 그게 아니지. 연애 상대에게 깜짝 놀라서 두근두근하는 찌릿한 깜짝 놀람이랑 일상에서 뜬금없는 장난 때문에 '엄마야!' 하는 거랑 이게 톤이 완전히 다른데! 뭐, 주눅 들어서 눈치 보는 표정은 좀 귀엽네. 아니 그래도! 근데 귀엽긴 귀여워. 하지만!! 아니 근데 귀여워.

"근데 왜 하고 많은 것 중 먹는 거에 장난질이야? 이건 진짜 쫌 아니지.”

"너 전에 그런 거 쓴 적 있잖아. '스위트(Sweet)힌 순간들 속 솔티(Salty)' 그거 생각나서 한번…….”

점점 더 가관이었다.

"안 되겠다."

나는 네 앞에 아이스크림 통을 내려놓고는 밥숟가락을 손에 쥐여주었다.

"죄인은 음식 귀한 줄 모르는바, 지금 이 순간부터 '자기가 싼 똥 자기가 치우기' 형에 처하도록 하겠다."

"어?"

"다 먹으라는 뜻이야. 한 숟가락도 헛되이 버려지지 않도록."

뜨악한 표정을 지어 보이는 너의 앞에 팔짱을 턱 끼고는 마주 앉았다. 너의 억울한 표정은 나에게 '진짜?' 하고 되묻고 있었고 나는 한껏 여유 있는 미소를 지어 보였다.

"도와 주려고 그런 건데……."

볼멘소리를 하며 너는 마지못해 숟가락을 쥐고 아이스크림을 떠서 입으로 가져간다. 하란다고 진짜 하고 있네. 참나, 역시 귀여워.

"어때? 스위트한 순간들 속 솔티한 맛이 느껴져?"

"궁금하면 먹어 보면 되잖아."

"노노. 숟가락 없어. 설거지 미뤄서."

"없어도 되는데."

"너 먹던 걸로?"

"아니."

'아니라고?' 하는 생각이 무방비하게 머리를 스치는 아주 짧은 찰나. 아⋯⋯ 봐 버렸다. 더 이상 '귀엽지 않은' 너의 표정. 급작스레 돌변한 파도 같은 위협적인 그것.

"나 지금⋯⋯ 깜짝 놀랄 타이밍인가."

"맞아."

네가 대답을 마치기 무섭게 입술 틈새로 밀려드는 차가운 숨결과 녹아 가고 있는 건지 이미 다 녹아 버린 것인지 따지는 것조차 무의미한 달콤한 바닐라 향. 그리고 그 안에 네가 던져 넣은 솔티까지. '잠든 내 심장이 깜짝 놀라 달리게 깨워 Please'에 대한 너의 대답이 입술을 지나 혀끝을 헤집고 가슴 깊이 짜릿하게 스며들었다.

넌 손짓마저 Whiplash
멈춰 있던 맘이 Reflash
다시 뛰게 하지
빛난 숨결 눈빛마다 빨라져 갈 all my move
Whiplash, You're the Whiplash

‖

다 녹아서 완벽히 액체 상태가 되어 버린 아이스크림 통을 비우며 미뤄 뒀던 설거지를 하고 있었다. 갓 스무 살도 아니고 그 정도 스킨십에 갑자기 어색해하며 '어쩌지, 어

떡하지, 어딜 봐야 하지' 안절부절못한다니 상상만으로도
너무 구리다. 다행히 나는 그럭저럭 뻔뻔한 구석이 있다.
별일 아니었다는 것처럼, 아예 그 일 자체를 아까의 아이
스크림처럼 일상에 녹여 버린 채 너를 대하는 것이 내 성
격에 그다지 어려운 일은 아니었다.

"가사는 다 썼어?"

거실에 앉아 TV를 보던 너 역시 평소와 다름없이 웃으
며 나를 반긴다.

"다 해서 보내고, 설거지도 하고 오는 길이야."

"오오, 그래도 도움이 좀 됐나 보네?"

"아, 대사랑 표정이랑 너무 언밸런스하다."

"어떻게?"

"대사는 능글맞고 표정은 해맑아. 어디에 맞춰서 반응해
야 할지 모르겠어."

"넌 어떤 쪽이 더 마음에 드는데?"

나? 나는 어디가 더 마음에 드냐고? 솔직히 말하면 나는
지금의 네가 어느 쪽이든 전부 좋아. 어른스럽게 섹시하게
굴면 우리의 다음 장면은 아마 점점 더 끝 간데없이 도발
적으로 흐르겠지. 왜냐하면 나는 애초에 '한마디를 안 지
는 아이'로 태어났으니까. 말로든 감정적으로든 나는 분명
네게 휘둘리기보다는 내가 핸들을 잡으려 할 거고, 너와
나의 이야기는 책으로 치자면 왜 그런 거, 표지는 검은색

하드커버에 제목이 붉은색으로 반짝반짝 빛날 것 같은 그런 거. 어쩐지 공개된 장소에서 보기는 조금 머뭇거려지는 그런 쪽으로 튈 확률이 매우 높다. 뭐, 그것도 나쁘지 않다. 내게는 그간 작업해 온 다크섹시로 칠해진 수많은 곡들이 있고 대체로 온유한 삶을 살고자 하는 나의 이면에는 분명히 또 다른 자의식이 존재함을 나는 알고 있으니까. 아마 너와 나에게는 그런 모습도 잘 어울릴 것이다. 하지만 지금 우리는 그것과는 전혀 다른 색깔의 이야기 속에 있다. 나의 '별'로부터 시작된 이야기.

"일단은."

너는 묘한 표정으로 웃으며 나를 바라본다. 아…… 너, 생각보다 섹시한 거 잘 어울리네.

"후자 쪽으로 해 두자. 일단은."

"알겠어."

대답과 동시에 너의 눈에 어리던 긴장감이 일시에 사라졌다. 어느새 너는 언제나와 다름없는 모습이다. 무해하고 밝은, 조금은 엉뚱한 나의 '소녀' 시절을 그대로 담고 있는 그 모습 말이다.

"이제 좀 쉬어야겠다!"

너의 결론 지어진 무해함을 굳게 믿으며 네 무릎을 베고 누웠다. 역시 고된 노동 후에는 눕는 게 최고지. 지금의 흐름이 참 좋다. 편안하고 어느 곳 하나에도 긴장하지 않아도 되는 이 순간이 그럭저럭 나의 일상인 게.

문득 너의 등장 이후 내 모습을 되짚어 봤다. 너의 첫 등장에 대한 놀라움과 너에 대한 감정을 어떻게 처리해야 할지 곤란했던 순간들을 지나, 계절로 치면 봄이나 가을의 한가운데를 지나는 것 같은 기분이다.

"이렇게 지내는 거 괜찮은 것 같아."

"좋은 뜻이지?"

"아주 좋은 뜻이야."

이 솔직함은 너에게 받은 것이다. 긴 시간에 걸친 나에 대한 감정을 당황스러울 정도로 단순명쾌하게 전해 주던 너에게 말이다.

너는 나를 내려다보고, 나는 너를 올려다보며 우리가 편안하게 마주 보고 웃고 있던 그때, 백색소음에 불과했던 TV 속 뉴스 앵커의 목소리가 너와 나 사이에 펑! 하고 무언가를 터뜨렸다.

"한동안 뜸한 미세먼지로 요즘 들어 정말 하늘이 맑고 깨끗한 날이 이어졌는데요, 이런 맑은 하늘을 그냥 보낼 수 없었던 걸까요? 돌아오는 주말에는 올해 들어 최대 규모의 '유성우'가 펼쳐지겠습니다."

별똥별이 예고됐다. 네가 원래 있던 곳으로 되돌아가야 할 그날이.

Whiplash, You're the Whiplash

Track 9. 해일

Artistic Groove

태민

해일

너와 나는 부딪히기로 작정한 사람처럼 굴고 있었다.

"아까부터 여기 있었잖아. 못 봤어?"

"너는 나 지나가고 있는 거 못 봤어?"

요즘의 나는 정말이지 타인과 맞서는 법이 잘 없었다. 여러 가지 이유가 있겠지만 가장 큰 이유는 뭐니뭐니해도 사회와 약간은 고립된 업무구조 덕분이 크다. 사람을 만날 일이 없으니 그만큼 타인으로부터 상처받을 일도, 굳이 맞서야 할 이벤트도 잘 발생하지 않는다. 나이가 들어감에 따라 다 부질없다 싶어 내려놓은 것들도 많고.

아무튼 그런 내가 오늘 아침부터 고작 한나절 사이에 너랑 세 번이나 부딪혔다. 어이없는 건 너 역시 마찬가지라는 거. 처음 등장했던 순간부터 바로 어제 저녁까지 나와 함께하는 동안 언제나 솔직하고, 밝고, 대체로 아이 같고, 부드러웠던 네가.

"아침부터 계속 참고 있었는데."

진짜 이 말을 꺼내지 않으려고 참고 또 참았는데.

"왜 자꾸 시비야?"

먼저 장작을 던졌다. 차라리 싸우자! 묘하게 싸우기 직전까지 서로를 긁어대듯 부딪히는 시간이 길어지는 것이 나는 못 견디게 불편했다. 얼마 전 너에 대한 감정을 정의하지 못해 불편했던 그것과는 비교도 안 될 정도로 불쾌한 불편함이다.

"네가 먼저 시비 걸고 있거든!"

"내가 언제?"

"표정, 말투, 하나하나 전부 다! 어젯밤부터 계속 그러고 있잖아 너."

어젯밤……. 그래 이 모든 게 다 어젯밤부터 비롯됐다. 유성우가 내릴 거라는 보도 이후 몇 번이나 기사의 꼭지가 바뀌는 동안 우리 둘 다 아무 말 없이 TV 화면만 응시하고 있었다. 물론 딱히 TV를 보고 있었던 것은 아니다. 길 잃은 시선의 도피처가 되어 줄 만한 곳이 그 순간 거기가 그나마 무난했고 어떤 말이 적절할지 쉽사리 떠오르지 않았다. 너는 어땠는지 모르지만 너 역시 나와 비슷한 모습이었으니 너도 그런 상태가 아니었을까, 하고 추측할 뿐이다. 긴 침묵을 깨고 잠자리에 나란히 누웠을 때, 우리는 서로의 뒷모습을 등 진 채였다.

"그럼, 곧 돌아가는 거지?" 하고 묻고 싶었는데 차마 그러지 못했다. 나는 그래서 조금 화가 났는지도 모르겠다. 그 간단한 걸 묻지 못하고 있는 나 스스로에게 말이다. 게다가 세상 없어 보이게 그 짜증을 너에게 풀고 있는 것이다. 우리가 비슷하게 예민을 떨고 있는 것을 보면 어쩌면 너도 뭔가 하고 싶은 말을 참고 있었던 게 아닐까. 나는 입을 앙다물고 너를 노려보았다.

"싸우자는 거야?" 하고 네가 묻는다. 제법 눈치가 빠르다.

"그래!"

"싫어."

"왜? 싸워 차라리! 답답하다고 나!"

"뭐가 답답한데?

"뭐가 답답한지 말하기 싫어! 그러니까 수박 겉핥기로라도 좀 싸워! 뭐라도 짜증 내고 퍼붓고 하면 좀 나을지도 모르잖아!"

"와, 그런 이유면 더더군다나 싫어!"

"나랑 싸우자는 거야 지금!"

"유체이탈이야? 싸우자는 건 너잖아!"

말문이 탁 막혔다.

"아, 못됐어 진짜! 싸워 주지도 않고!"

차라리 솔직했더라면 유치해지진 않았을 텐데. 어젯밤 서로를 등지고 누운 너와 나 사이에서 기분 나쁘게 요동치던 보이지 않는 파동이 하루 종일 이어지고 또 이어져서 이윽고 어제와 똑같은 모습이 오늘 밤에 오버랩됐다.

"다시 만날 수 있어?"

나는 어딘가 주눅 든 목소리로 물었다. 어차피 우리가 곧 헤어져야 한다는 것에는 변함이 없지만 '떠나다'라는 표현은 피하고 싶었다. 네가 나를 향해 돌아눕는 기척이 느껴졌다. 지금 내가 돌아눕는다면 너와 마주 볼 수 있겠지만 그것이 나에게 과연 좋은 행동일지에 대한 확신이 없었다. 지금의 나는 예민하고, 불안하다. 뭔가 실수 같은 것을 해 버리기에 좋은 환경과 조건이 너무나도 잘 갖추어져 있었다.

"없어."

그렇구나. 그럴 수 없구나. 하긴 지금 너와 이렇게 같이 있다는 것만으로도 충분히 현실감이 없는데 그런 일이 내 생에 두 번이나 일어나길 바란다는 것은 내 주제에 너무나 말도 안 되는 욕심…… 같은 소리 하고 앉아 있네 진짜!

"가! 지금 가 그냥!"

앙탈과 분노를 영혼까지 끌어모아 팩! 하고 너를 향해 돌아눕자 너는 기다렸다는 듯이 나를 와락 품에 안고 느긋하게 웃었다. 그리고 천천히 다독이듯 속삭이며 말을 잇는다. 너의 이야기는 네가 나에게 오던 날 밤 별이 떨어지기 직전의 순간부터 시작됐다.

❚❚

오랜만의 별똥별이었어. 나를 완전히 잊은 것 같은 너의 모습에, 언제부턴가는 너와 눈을 맞추는 순간이 언젠가 다시 올 거란 기대감도 사라진 지 오래였는데 그날은 왠지 느낌이 묘하더라. 왜 그런 때 있잖아. 별다른 복선이나 암시가 있었던 것도 아닌데 그냥 뭔가 다른 날. 서늘한 것도 같고 뜨거운 것도 같은 그런 기분으로 곧 날아갈 별을 바라보고 있는데 자꾸만 가슴이 점점 더 빠르게 뛰는 거야. 머릿속으로 생각하고 행동한 것도 아닌데 마치 원래 당연히 그렇게 되기로 예정되어 있는 연속동작처럼 너를 바라봤고, 그 순간 너랑 눈이 마주쳤어. 얼마 만인지 햇수를 셀 수도 없는 시간이 믿어지지 않을 만큼 아주 정확하게 정면으로 말이야. 날아갈 준비를 마친 별똥별이 밤하늘의 구름을 딛고 도움닫기를 하는 순간, 별을 향한 너의 기도가 들려오는 그 짧은 사이가 마치 나에게는 지난 몇 년간의 공백을 채워 줄 마지막 한 조각의 퍼즐처럼 느껴졌지. 이번이 지나고 나면 너는 또 언제 나를 떠올려 줄까, 그런 날이 또 오기는 할까, 너에게 잊힌 무언가가 되어 살아 온 시간이 나에게 의미가 있을까, 너에게 다시금 잊힌 채 존재할 앞으로의 시간이 영겁인들 빛날까. 그렇게 생각하다가 정신을 차려보니 나는 이미 너의 세상을 향하고 있더라.

우리가 이곳에서 처음 다시 만났을 때 네가 나에게 물었지? 매번 몰래 다녀갔는데 이번에는 어떻게 함께 얼굴을 마주 보고 이야기할 수 있느냐고. 그건 나의 소원이 이루어졌기 때문이야. 어렸을 때 네가 별을 보며 나를 만나고 싶다는 소원을 빈 것처럼, 나에게도 소원이 있었거든.

단 한 번만 네 옆에서 발을 맞춰 걸어 보고 싶어.
한 번, 딱 한 번이라도.

‖

"그러니까, 소원을 이룬 건 네가 아니라. 내 쪽이라는
거야."

이윽고 너는 봄의 밤하늘처럼 웃으며 내 어깨를 감싸 안
고 끝내 나를 화나게 하고 말 이야기를 덧붙였다. 이어진
너의 이야기들은 마치 노이즈 캔슬링 이어폰 너머로 들려
오는 외부의 소음 같다. 우리가 이렇게 만나고 함께 추억
을 쌓기 위해 등가교환된 규칙은 단순했고, 우리에게 다음
의 만남 같은 것은 '돌아오지 않는다'.

"그런 얘기를 참 잘도 하네. 혼자서도 잘 살고 있었는
데 멋대로 불쑥 나타나서 좋아하게 하고, 영원히 사라지
는 결말이야? 이런 거 너무 폭력적이라고 생각하지 않아?"

찌른 건 너고. 찔린 것은 나였다.

"지금부터 내가 뭘 하더라도 정당방위야."

내가 너의 양 볼을 감싸 끌어당기는 사이, 너의 입술에
맞닿는 나의 입술은 나의 옷자락과 허리 틈을 파고들어 오

는 너의 손에 보기 좋게 추월당한다.


　전율이 깊은 모든 건 아름답게

　기억을 지켜 잊혀지지 않게

　경이로운 이 순간이 나를 삼켜버린 사이

　더 완벽히 너를 느낄 상상을 해

　좀 더 깊은 마음 한 곳을 휘몰아치는 파도 그게 바로 너

　내 맘 깊은 곳을 할퀴고 더 깊이 일렁여 날 타고 흐르듯

　오늘 이 밤이 가도 네 안에 나를 가둬

　다시 아침이 와도 이어지도록

　저 달이 가득 차도 이 밤에 우릴 놔 둬

　부서질 듯한 파도 몰아치도록

　Artistic groove… groove… groove…

Track 10. 만약 우리가

Once Again 여름방학 ✕ NCT127

만약에 우리가 가장 활발히 교감을 나누던 고등학생 시절에 내가 널 만났다면 어땠을까. 그리고 또 만약에 너와 내가 그냥 평범한 동급생이었더라면.

"어! 그러면 우리 서로 짝사랑하자! 서로 좋아하는지 꿈에도 모른 채로 막 애타자!"

수일 안으로 마무리해서 보내야 할 데모를 듣다가 불쑥 꺼낸 말에, 너는 당황도 안 하고 웃으며 답했다.

"그래. 그럼 막 서로 몰래 쳐다보다가 엇갈리고 그러자. 되게 안타깝게."

"나 그런 거 좋아. 그리고 너한테 밤새도록 되게 하찮은 거 선물 준비할래. 그리고 차마 못 줄래."

"왜? 그냥 몰래 가방 같은 데 쓱 넣어 놔도 되잖아."

"그걸 주면 뭔가 상황이 어떤 방향으로든 진전되어 버리잖아."

"아, 그러네. 그럼 서로 짝사랑이 안 되겠구나."

"그렇지. 마음은 전하고 싶어서 미칠 것 같을 때가 절정이잖아."

"지금은 없어? 나한테 전하고 싶어서 미칠 것 같은 마음."

있었지. 그리고 전달했지, 아마도 며칠 전 밤에.

답지 않게 아티스틱(Artistic)했던 그 밤 이후, 어디다가 쏟아내야 할지 감이 오지 않던 그 혼란스러움은 새벽과 함

께 녹아 아침이 되자 흔적도 없었다. 우리는 줄곧 아무 일
도 없던 것처럼 굴고 있었으니까.

"갑자기 현실 투척하지 마. 나 지금 일해야 해. 다 듣고
나면 왠지 기억이 조작되어 있는 그런 거 쓰고 싶단 말이
야. 그러니까 그냥 예쁘게 웃기만 해."

나는 양손 엄지와 검지로 사각 프레임을 만들어 그 안에
너를 쏙 집어넣는다. 너는 시키는 대로 웃었다. 그 얼굴 아
래 교복을 덧그리는 거다. 그런데 진짜 내가 입었던 우리
학교 교복은 안 된다. 리얼하긴 한데 리얼한 것보다는 어
쩐지 조작된 것 같은 느낌 필요하다. 뭔가 청소년 드라마
나 교복 착장의 뮤직비디오나 예술 고등학교 교복일 것 같
은 그런 걸로 그리자. 쉬는 시간에 농구 하고 들어오는데
땀 냄새 말고 세상 존재하지도 않는...... '여름 향'이 풋풋
하게 '샤아아아아' 하고 스쳐가는 거다.

"계속 이렇게 웃기만 해? 다른 거 아무것도 안 하고?"

"뭐 하고 싶은데?"

"으음...... 그러면 나 놀이공원! 너 친구들이랑 같이 가
고 그랬잖아."

"놀이공워언!! 그런데 그거 꼭 떼샷이어야 해. 막 친구
들 무리랑 같이 가는데, 걔들 다 캐릭터가 되게 분명한 거
야. 왠지 캐릭터가 등장인물 이름일 것 같은 그런 느낌 뭔
지 알지?"

"안경 쓴 애 이름이 '안경수'고 뭐 이런 거?"

"웅! 그리고 놀이기구 탈 때 완전 두근두근하는 거야. 의자가 웬만해선 2인석이잖아. 그래서 몇 번째로 줄을 서야 같이 앉을 수 있는지 자꾸 각을 막 재! 근데 막 하필이면 내 앞에서 딱! 이번 열차 탑승 인원이 마감되고 그러는 거야!"

"뭐야 왜 이렇게 술술 나와? 경험담이야?"

"당연히 경험담! ……일 리가 없지! 기억 조작이 원래 다 이런 거야. 아니아니 근데 잠깐만."

"왜 또?"

"이거 남자 노래잖아. 정신 차리고! 다시 아련 필터를 좀 끌고 와서. 어차피 우리 서로 짝사랑하는 중이니까 이 다음부터는 네 시점으로 가야겠다. 어떨 것 같아? 우리가 학생이고 네가 나 짝사랑해. 언제 제일 아련하고 안타깝고 그럴 것 같아?"

"음…… 그럼, 점점 더 좋아지고 있는 걸 애써 참고 있는데…… 심지어 방학하는 날."

"헉!!!"

감동해 마지않은 채 입을 틀어막았다.

"그거 완전 좋은 거 같아! 너, 너, 저기 가서 혼자 좀 놀아. 한 다섯 시간 나 건드리지 마! 라면 부셔 먹어도 되고 내가 모은 주머니몬스터 인형 가지고 놀아도 괜찮아!"

한여름 소나기 앞 우린

이 비를 피할 틈도 없이 젖어 들어 가

만약에 우리가 같은 교복을 입고 같은 순간에 놓인다면 우리가 처음 서로를 짝사랑하게 되는 순간에는 여름의 태양이 너무 높거나 아니면 앞이 제대로 보이지 않을 정도로 소나기가 쏟아져 내리고 있으면 좋겠다. 그래서 너도 나도 그 감정을 피할 겨를조차 없는 서로의 첫사랑으로 현실에서 존재할 수 있다면.

방학 한 달은 생각보다 빨리 지나갈 것이므로 어쩌면 우리는 학원물의 흔한 에피소드처럼 우연히 마주쳐서 급격히 친해지고, 어떻게 허락을 받고 어떻게 비용을 마련했는지 같은 현실적인 문제들은 생략한 채 단둘이 기차를 타고 여름의 한복판 같은 풍경이 펼쳐진 곳으로 여행을 떠날지도 모르겠다.

학원물이라는 장르는 참 특별한 구석이 있다. 그냥 주인공들의 마주 본 표정 하나에서 수백, 수천 개의 서사가 만들어지는데 하나같이 아름다우니까. 지극히 클리셰적임에도 불구하고 다음 장면을 다 알면서 따라가는 그 과정마저 풋풋하고 아름답다. 이런 감정선들이 아이돌 뮤직 비디오에 주입되어 잘 안착되면 그 결과물은 급기야 말이 필요 없는 경지에 이른다. 우리 오빠 연기가 조금 어색할 수도 있지만 그런 걸 의식하기 전에 군무컷으로 넘어갈 것이고, 교복 입고 춤 추는 우리 오빠의 모습을 보다 보면 마치 내 오빠가 같은 학교의 친구나 선배님으로 와 있는 듯한 망상을 펼치기에 부족함이 없다. 이런 교복 착장의 콘셉트는 남자, 여자 아이돌을 불문하고 소화할 수 있는 시기가 짧아 더 반짝인다. 대체로 팀 전원이 성인이 되는 순간 갑자기 막 '어어르으은!', '성수우우우욱!!', 때론 '감성 섹시이이이!!!' 하면서 달려나오는데 그 모습이 너무 멋진 한편, 하이틴 무비 같던 지난 활동에서의 모습이 조금은 그리워진다.

⦚

일을 마치고 책상에서 일어나려니 다리가 뻐근했다. 내동 앉아 있었는데 다리가 아픈 이유는 대체 뭘까. 의자 모양대로 굳어져 있는 신체 기관들을 한동안 이완시키는 시간이다.

"일은 다했어?"

책상 옆에 서서 우두둑거리는 어깨와 허리를 움직이고 있는데 네가 말을 걸어 왔다.

"덕분에. 제목이 아주 마음에 들어."

"제목이 뭔데?"

"여름방학. 사실상 이 가사는 제목이 다한 것 같거든. 그냥 제목에서부터 청량한 기억이 저만치서 내달려 마중 나오는 것 같아. 그래서 아주 마음에 들어. 그러니까 이제 개운한 마음으로, 산책 가자!"

내가 말했다.

"강아지 오늘은 밤 산책도 해?"

"아니, 지금은 애견 동반 불가."

너는 잠시 그대로 멈춰 지그시 나를 바라본 뒤에야 "그래." 하고 답했다.

우리는 함께 밖으로 나와 밤의 공원 길을 걸었다. 소매 끝으로 보이는 너의 손을 잡을까, 말까 고민하고 있는 사이의 기분이 마치 낮에 너와 이야기했던 '선물을 줄까 말까 고민하는' 것과 비슷하다고 생각했다. 그래서 나는 너의 손을 잡지 않기로 했다.

"웬일로 둘이 산책이야? 나야 좋지만."

"네가 그랬잖아. 나랑 같이 아무것도 안 하고 그냥 발을 맞춰 걸어 보는 게 너의 소원이었다고. 돌이켜보니까 단 둘이 걷던 순간이 그리 많지 않더라고. 그래서 원 없이 들어 주려고."

"와, 무슨 죽기 전 버킷리스트 같아!"

"상황 대비 해맑다?"

"나한테는 그냥 어디든 천국이야. 너랑 같이 걸으면."

전혀 환상적이지도 않고, 특별하게 아름다울 것도 없는 이 일상의 공간을 함께 걷는 것이 너에게는 천국이구나. 그리고 나는 이내 깨달았다. 외국의 오래된 명화에서 나올 법한 구름과 그 위에 지어진 궁전과, 날개 달린 아기천사나, 스스로 노래하는 황금빛 하프가 등장하지 않아도 나의 천국 또한 이제 너와 다르지 않다는 것을.

"있잖아."

"응?"

"지금 여기야, 나의 천국도."

말을 멈춘 내게 너는 여태까지 내가 본 너의 모습 중 가장 근사한 미소를 지어 보인다.

'너는 참 완벽히도 아름답구나.'

아무렇지 않게 오늘 아침을 맞고, 데모를 틀어 놓고 곡을 구상하고. 너와 함께 여름날에 대해 이야기하며 정말 '아무 날'처럼 굴고 있었지만 실은 우리 둘 다 알고 있었다. 뉴스가 나오던 그날부터. 오늘이 바로, 유성우가 내리기로 한 주말이라는 것을. 그렇게 서로를 응시하고 있는 우리 둘 사이로 "별똥별이다!" 이름도 모를 누군가의 탄성이 들려 왔다.

유성우를 즐기러 공원에 모여든 수많은 인파 속 행복한 목소리, 연방 찍어 대는 휴대전화 카메라의 촬영음 너머로 별똥별이 쏟아지기 시작한다. 네가 오던 날은 그냥 한 줄기 소박하고도 날렵한 빛이었는데 오늘은 무려 눈으로 따라가기 바쁠 정도의 별들이 축제처럼 화려하게 쏟아져내린다. 원망스럽도록 황홀하고 아름다운 그 풍경을 나는 더 이상 별이 떨어지지 않을 때까지 바라보았다.

이윽고 돌아본 곳에 너는 거짓말처럼 사라졌고 나는 혼자 덩그러니, 행복한 표정의 사람들 속에 남겨져 있었다.

비록 우리가 다시는 만날 수 없다는 것을 알지만. 그럼에도 불구하고.


Again and again and again

(I never let you down)

이 여름을 Once Again

내 마음을 Once Again

내 마음을 Once Again

Track 11. 부재

Mayday!Mayday!

보아

오늘은 사흘쯤 은근하게 미뤄 두었던 가사 노동을 하는 날이었다. 가사 노동이란 자고로 '함께' 하는 것이기에 차곡차곡 쌓인 집안일들을 '이 곡만 끝내 놓고' 할 테니 좀 적당히 넘어가 달라는 말을 사흘째 반복한 과거의 나와, '오늘 쉬어 버리면 내일 오후부터는 살짝 스케줄 애매해질 각오를 해야 한다'고 외치는 현재의 내가 서로를 도와야 한다. 집안일은 대체 왜 해 봤자 티도 안 나는데 안 하면 절대적으로 티가 나고 마는가. 이렇게 밀린 집안일을 하는 날은 대체로 제출 기한이 사나흘 정도 남아 아직 여유가 있는 데모곡이 틀어져 있을 때가 많다. 오늘도 그런 날 중 하루다. 언제나와 다름없이 한 곡 반복 재생 중인데 곡 전체에 깔려 있는 분위기가 잔잔해서 그런지 책상을 정리하는 손의 움직임도 곡을 따라 조금 느려져 있었다.

나는 특별히 너를 떠올리지 않으려고 노력하지도, 그렇다고 오래오래 기억하고자 노력하지도 않는 시간들을 지나는 중이었다. 너와의 시간은 분명 강렬했지만 한편으론 짧았고 너의 존재 자체가 현실성이 없던 탓인지 네가 사라져 버린 그 자리에 혼자 남겨져 있는 나를 발견한 그 순간, 나는 마치 그냥 꿈에서 깨어난 듯 덤덤하게 상황을 받아들였다. 화려했던 유성우를 즐기러 나온 인파들 사이를 고즈넉이 혼자 걸어 집으로 돌아와 연속동작으로 특별히 보지 않을 TV를 켜고, 옷을 갈아입고, 씻고, 고슴도치 뼥

삑이로 강아지와 놀아 주고 이불 속으로 들어갔다. 그 밤에 평소와 다른 것이 있었다면 누워서 휴대전화 보며 놀기를 패스하고 바로 눈을 감았다는 것. 그리고 특별한 잡생각 없이 바로 잠이 들어서 그다음 날 꽤나 늦게까지 늦잠을 잤다는 것 정도다. 너의 빈자리 같은 것은 그저 내 마음속에만 있을 뿐이라서…… 일부러 마음 깊은 곳을 파고들지 않는 이상 나의 일상이 너로 무겁게 젖어 드는 일 같은 것은 일어나지 않았다.

"어차피 넌 별로 슬퍼하거나 그러지 않을 것 같아."

"왜? 그리워서 엉엉 울거나 식음을 전폐할지도 모르잖아."

"아니!"

그래, 치킨 양념을 얼굴에 묻힌 채로 그런 얘기를 하면 응당 설득력이 없겠지. 하지만 그렇게 정색할 것까진 없지 않았나. 그날은 네가 곧 내 앞에서, 어쩌면 내가 속한 나의 세상에서도, 네가 원래 있던 너의 세상에서도 존재하지 않게 될 거라는 말을 들은 지 얼마 되지 않았을 때였다. 혼란스럽지 않았던 것은 아니었으나 특별히 절박하게 굴지 않았던 것은 역시 내가 가진 성격상의 방어기제였을지도 모르겠다.

상황이든 뭐든 변화라는 것이 늘 긍정적인 방향으로만 흐르지는 않더라는 경험이 쌓인 탓인지 기나긴 프리랜서 생활에 닳고 닳은 나는 언제부턴가 대체로 동요하지도 굳이 마음에 담아 두지도 않는 일들이 많았다. 얼핏 보기에는 멘탈이 강해진 것 같기도 한데 사실 진짜 그런 것인지에 대해서는 확신이 없었다.

간혹 일을 시작한 지 얼마 안 된 작가를 만나게 되었을 때 '돌아오는 피드백도 없이 계속 학원에 시안만 내고 있으려니 불안한데 작가님도 이런 시기가 있으셨나요? 이런 상황을 어떻게 받아들이면 좋을까요?' 하는 질문을 받을 때가 있는데 그럴 때 주로 했던 대답은 세 가지 정도로 압축된다.

일단 가장 추천하는 방법은 '떡볶이를 드세요'다. 자고로 떡볶이란 실로 놀라운 음식이라 그냥 '떡볶이'라는 단어를 떠올리는 것만으로도 생각의 가지치기가 넓어진다. 튀김이라든가 순대라든가 김밥이라든가 즉각적으로 따라오는 단어들이 있고, 가게마다 디테일이 다르기 때문에 그중 어떤 것을 고를지 선택하다 보면 이미 분노나 시름이 한 30퍼센트 정도는 흐려지기 마련이다. 직접 사러 나간다면 나가기 전 거울을 한번 보는 사이 거울에 비친 내 모습을 보느라 딴생각의 회로가 잠시 끊어지고 밖에 나가서 걷는 사이 또 기분이 전환된다. 집에서 배달을 시켰다면 '결제'를 누르는 것만으로도 약간의 성취감이 따라오고 빨리 오면 빨리 오는 대로, 늦게 도착하면 '아, 왜 안 와. 몇

분인데 안 와' 하는 생각을 하느라 부정적인 감정이 파고들 틈이 없다. 먹기 시작했다면 달달하면서도 맵싹한 맛에 정신이 혼미해질 것이고, 배가 부르면 응당 식곤증이 몰려오겠지. 그렇게 한숨 자고 나면 웬만큼 자잘한 것들은 극복이 가능하다.

다음으로는 '모여서 욕을 하세요'다. 사실상 자기가 가사를 어느 정도 쓰는지, 아직 그렇게 안정적으로 쓰지는 못하는지 같은 것은 대체로 작가 자신이 가장 잘 알고 있으므로 나는 '자신이 어떤 점이 취약한지 찾아보고 연구하세요. 좋아하는 가사를 필사하며 분석해 보세요' 같은 말은 별로 하고 싶지가 않다. 모여서 공개적으로 합평회 같은 걸 하는 것도 그다지……. 어차피 고만고만한 사이라면 차라리 "우리가 이렇게 잘하는데 회사들은 다 눈이 삐었어!" 하고 같이 떠들고 노는 게 정서적으로 좋지 않겠나. 물론 여기에는 자만이 아닌 자존감이라는 중요한 전제가 있다. 예술하는 사람들인데, 글을 쓰고 노래를 하는 사람들인데 내 작품이 제법 괜찮다는 프라이드 없이 쓴 작품이 다른 사람들 보기에 멋질 리가 없다. 그러니 불안해하지 말고 그 시간에 나와 내 작품을 믿고 내가 이 일을 하기에 매우 적격한 사람이라고 스스로에게 최면을 걸어 주라고.

마지막은 '모여서 떡볶이를 먹으며 욕을 하세요'다. 이건 정말 완벽하다. 설명이 필요 없다.

그렇게 나는 너의 빈자리에서 1일 1떡볶이 중이다. 그래도 오늘은 낮에 청소를 열심히 해서 그런지 집 안의 풍경도 마음도 조금은 정리된 기분이었다. '하아, 오늘 유난히 맵네. 보통 맛에 분명 체크한 것 같은데 왜 이렇게 맵지' 하며 배달 앱을 켜서 내가 제대로 주문한 게 맞는지 확인했다. 제대로 잘했는데 내 앞 사람 주문이 매운맛이었나 보다. 대한민국 사람들은 역시 화가 많다. 매운 걸 너무 좋아해. 예상했던 것보다 매운 맛에 얼얼한 혀를 어쩔 줄 몰라 하며 떡볶이를 먹다 보니 불쑥 고개를 들려던 너에 대한 생각도 이내 누그러졌다.

∥

때때로 현실이 더 막장일 때도 있지만 그런 일은 실상 아주 자주 있는 일은 아니기에 일상은 정말 '일상적'으로 무난히 흘러갔다. 늦게까지 일을 하고 꾸역꾸역 일어나고 강아지와 놀아 주며 하루하루 보내야 할 시안을 기준점으로 생활했다. 바쁨 속 나태함과 나태함 속 바쁨 사이를 오가는 전형적인 프리랜서의 삶이다. 그 사이 너를 바라보거나 너와 함께 이야기를 나누며 썼던 가사들 중 운 좋게 채택된 작품들이 발매되어 나왔다. '앨범이 나오면 못 견디게 네가 그리워지려나' 하는 생각을 잠시 하기도 했는데 생각보다 담담했다. '응, 나왔네' 하고 이전에 발매되었던 곡들을 모니터할 때와 다름없이, 내가 머릿속으로 불렀던 대로 나왔는지 다르게 가창된 부분은 없는지 같은 것들과 댓글 반응을 읽어 보는 정도로 끝이 났다.

비가 온 뒤 급작스레 추워진 날씨 덕인지 하늘이 맑았다. 애초에 궂었던 적이 없는 것처럼. 창밖의 풍경을 물끄러미 바라보고 있자니 불현듯 '아, 정말 아무렇지도 않네' 하는 확신이 들었다. 이런 기분이라면 너에 대한 것을 깊이 떠올리더라도 나 스스로 부끄러워지거나, 대단한 이별이라도 한 사람처럼 굴거나 그러지 않을 수 있을 것 같았다. 곁눈질로 슬쩍 바라보니 강아지는 산책 뒤의 노곤함과 싸우고 있다. 졸음이 가득한 얼굴로 눈을 꿈뻑거리는 걸 보니 곧 잠이 들 모양이다. 그렇다면 이제 조심스레 너를 끄집어내 봐도 되지 않을까.

안녕, 하고 말을 걸듯 떠올리자 너의 웃는 얼굴이 보인다. 여전히 예쁘다. 우리의 첫 만남은 마치 막연한 동화의 시작과도 같아서 너는 등장만으로도 나를 주인공으로 만들어 주었다. 나는 하나씩 떠오르는 너와의 기억들을 영화처럼 바라보았다. 이렇게 한 발 떨어져 보니 조금 아쉬운 것들이 많아 나는 내 마음대로 너와의 시간들을 조작하기 시작했다.

우선 밤하늘을 맨 처음 올려다보던 그 순간으로 돌아

가 보자. 작정한 사람처럼 창문을 벌컥 열고 이글이글 창밖을 바라보다가 별이 떨어지는 순간에 박력 터지게 소원을 비는 거다.

"이 순간이 오기를 기다리고 있었다! 시안 채택은 내가 쩜에서 나오는 바이브로 어떻게 해 볼 테니 우리 좀 만나!" 하고 말이다.

그렇게 해서 네가 내 앞에 나타나면 "이 순간이 오기를 기다리고 있었다! 나에게 이미 네가 누구인지 어디에서 왔는지 같은 것은 중요하지 않지! 중간 과정은 과감히 생략하고 서둘러 목적지로 향하자! 자! 어차피 좋아하게 될 거, 아주 그냥 확 가기로 하지!" 하며, 냅다 그냥 내가 먼저 찐하게 키스를……!

아, 이건 너무 갔다. 아무튼, 결론은 말이지. 네가 내 곁에 존재할 수 있었던 그 짧은 순간을 내가 조금 더 마음 놓고, 마음껏 즐겼으면 좋았을 거라는 거다.

또 어느 날이었더라. 아침에 일어나서 못다 한 일을 또 하기 싫어서 꾸역꾸역 마무리를 하고 새벽 여섯 시였나. 그쯤에서야 초주검이 되어 너와 겨우 눈을 맞춘 날이 있었다. 소파에 누워 있던 네가 "이리 와." 하고 웃으며 팔을 벌렸는데, 그때 또 나의 습관성 철벽이 고개를 들었다.

"지금 그런 분위기 아니야."

최종적으로 마무리한 가사가 영 마음에 들지 않더라는

핑계를 대며 그대로 쓰러져 누워 버렸다. 그래 놓고는 조금 전 나의 대사와 행동을 곱씹으며 나 혼자 저세상 고민을 하지 않기 위해 바로 도피성 게임 세상으로 접속을 했다. 그러니까 너의 '이리 와'부터 다시 시작하는 거다.

"이리 와."

네가 다시 웃으며 팔을 벌리면 "응!" 하고, 너를 따라 웃으며 너를 마주 끌어안는 거다. 그리곤 조금 전에 작업했던 곡이 어디가 어려웠고 내가 그 부분을 어떻게 썼는데 왜 그럴 수밖에 없었는지 하소연하듯 조잘조잘 떠든다. 너는 그런 내 모습을 바라보며 너그럽게 웃어 줄 것이고 힘들었던 마음이 풀릴 때까지 떠든 나는 너의 품에서 잠이 든다. 그리고…….

"먼저 손 잡은 거 처음이야!"

이건 너와 함께 유성우를 향해 걸어가던 장면이다. 너의 손을 잡을까 말까 고민하던 나는 사라지고, 그 자리에는 너의 손을 먼저 따악! 잡는 내가 등장한다. 너는 내가 먼저 너의 손을 잡았다는 것에 해맑게 기뻐해 준다.

"어때! 좀 멋있나? 박력이라는 게 폭발하나?"

"완전."

"크으! 역시 내가 쫌!"

"근데 궁금한 거 있어."

"뭔데? 뭐든 텔미!"

"이 손 말이야. 왜 갑자기 떠올랐어? 그땐 안 잡아 놓고 왜 잡는 걸로 고치기로 했어?"

"어…… 그건……."

그건…… 이렇게 내가 너의 손을 꼭 잡고 있으면. 혹시 너를 놓치지 않을 수 있었던 건 아닐까. 그리하여 그 밤, 너는 사라지지 않고 그대로 손을 잡고 함께 걸어 우리가 같이 집으로 돌아와서 서로를 바라보며 잠들 수 있었던 것은 아닐까. 네가 내 앞에서 사라지지 못하게 너의 손을 더 힘껏 잡고 있을걸. 어느 날 갑자기 나의 일상에 들어와 버린 너를 따라 열린 나의 천국을 조금만 더 일찍 깨달았더라면. 나는 어떻게든 너의 숨 한 자락이라도 부여잡고 절대 놓지 않을 텐데. 어느덧 나는 너의 기억과 함께 울고 있다.

수없이 Mayday 난 더 이상 외쳐 댈 힘 없을 때까지
날카롭게 파고 들어온 이별에 무너져 내려
Mayday 난 너에게 닿기를 간절히 외치다
끝나버린 사랑을 끌어안고 추락해 버려
한 없이 Mayday 난 또다시 저 멀리 달아난 하늘이
더 눈부셔 원망스러워 올려다보며 또 외쳐
Mayday 날 네게로 누구든 어서 데려가 줘
아직 남은 사랑을 누구라도 구해줘 제발

Mayday 난 너에게 닿기를 외치다

어느새 내 어깰 감싸는 아침에 And it's over now

Track 12. 다시, 너의 세상으로

▷

메리티가 Good Evening / SHINee

네가 사라지고 달력을 몇 장쯤 뒤로 넘기고 나서야 네가 떠난 후 처음 네 꿈을 꿨다. 특별한 신통력을 가지고 있는 것도 아니고 마음 수련과도 거리가 먼, 그냥 하루하루 적당히 성실하게 살아가는 보통 사람이기에 '내가 뭔가 특별한 꿈을 꾼 건 아닐까' 하는 기대감은 없지만 그냥 네가 꿈에 나온 것만으로도 나는 무척이나 반가웠다.

"오랜만이야." 하고 내가 먼저 말을 건네자 너는 언제나처럼 웃었다.

"꿈에서 만나니까 뭔가 어색하다."

"처음도 아니면서. 하여튼 너는 그게 문제야."

"내가 뭐?"

"그때나 지금이나 어차피 꿈인 걸 알면서도 네 감정을 사리잖아."

"뭐, 그럼 이산가족 상봉이라도 한 것처럼 달려가서 덥석! 손잡고 막 그럴까? 아이고 이게 얼마 만인지! 그동안 잘 지냈는지. 밥은 잘 먹었는지. 뭐 이래?"

"아니! 그러지 마!"

"단호하니까 쫌 하고 싶다. 아이고! 잘 있었어? 오구오구! 어쩐 일로 귀한 분이 누추한 꿈까지 다 오셨어! 오구! 밖이 많이 추웠지?"

"그만해 줄래 쫌?!"

키득키득 웃으며 너에게 장난을 치다가…… 덜컥! 하고

눈을 떴다. 아주 잠깐이었지만 꿈과 현실 사이에서 정신을 차리지 못했다. 여긴 어디? 나는 누구? 같은 상태 말이다. 비교적 평소와 비슷한 일과의 범주 속에서 자거나 일어나면 이런 일이 잘 없는데, 밤을 고스란히 새우고 아침까지 일을 하다가 강아지 밥만 겨우 챙기고 기절하듯 잠이 들었더니 초저녁을 향해 가는 늦은 오후가 다 되어서 눈을 뜬 것이다. 그리고 한동안 나는 침대에 멍 하니 누워 있었다. 네 꿈을 꾼 것이 나에게 특별한 의미가 있지는 않을 것이지만 그냥 꿈속에서나마 너의 웃는 얼굴을 보았고 너와 함께 이야기를 나누고 장난을 치던 여운을 조금만 더 쥐고 있고 싶었다. 그렇게 또 한동안의 시간이 흐르고 이대로 망부석이 될 것도 아니라, 꿈속의 너를 그만 털어내고 자리에서 일어나기로 했다. 하나 둘 정상 가동되기 시작한 신체기관을 등에 업고 창밖을 보니 곧 노을이 질 준비를 하고 있었다.

"아, 한번 이렇게 꼬이면 시차적응 힘든데……."

목구멍이 갈라지는 느낌과 함께 묵직한 숨을 토하며 삐그덕거리는 육신을 일으켜 세웠다. 늘 순서대로 이루어지던 모닝 루틴을 그 시간에 하고 있으려니 약간은 자괴감마저 들었다. 계속 이렇게 살아도 될까. 뭐 다르게 살 뾰족한 수도 없지만.

과거에 난 꽤 여러 번 규칙적인 생활을 시도한 적이 있었다. 이제 제발 좀 남들 잘 때 자고 남들 일어날 때 일어나면서 살아보자! 낮에 열심히 일을 하고 밤에는 완벽히 일로부터 로그아웃 되는 느낌으로 업무와 관련된 생각들을 완전히 차단하고 푹 쉬고 잠자리에 들자! 그렇게 언제나 밝고 또렷한 정신으로 일을 한다면 더 좋은 성과를 올릴 수 있을 것이다! 하고 말이다. 그러나 작업 기한으로 얼마를 받든 결국에는 촉박해지고 마는 제출 마감 기한을 맞추다 보면 바른 생활을 향한 의지는 언제나 흐지부지해지기 마련이고 '아 진짜 너무 힘들다!' 하는 공허한 외침을 몇 번이나 반복한 끝에 나는 이제 그냥 제출 일정에 나를 끼워 맞추는 삶을 따라가기로 했다. 애초에 바른 생활을 계속할 굳건한 의지를 가지고 있었더라면 다이어트에도 성공했을 거다.

정신을 차리고 보니 도망치듯 박차고 일어났던 책상 위에 달력이 날 좀 보소, 하고 널브러져 있었다. 달력을 집어들어 그 위에 갓 그려진 새로 바뀐 월의 첫 번째 별표를 바라보며 생각했다. 이번 달에는 얼마큼의 별을 채울 수 있으려나. 그리고 이제는 '별'이라고 하면 자연스럽게 따라오는 '너'. 무수히 쏟아지는 별똥별이 지나간 뒤 너는 어떻게 됐을까.

"그럼…… 그건 죽는 거야?"

네가 사라지기 전, 너와 함께 집을 나서 걸어가며 너에게 물었다. 별똥별을 따라 나의 세상으로 내려오고, 나에게 너의 모습을 드러낸 너에게 정해진 결말에 대해서.

"정확히는 '모른다'가 맞아."

"어째서?"

"규칙에 의하면 '사라지는' 것까진 맞는데 사라진 후에 어떻게 되는 건지는 밝혀진 게 없거든. 네 말 대로 '죽는' 것인지, 아니면 더 이상 보이지 않게 되는 것인지, 쉬운 말로 환생 같은 걸 하게 되는 건지 등등."

"또 있었어? 너처럼 이렇게 지구에 왔던 너희 쪽의 누군가."

"머나먼 언젠가에는 있었겠지? 그러니까 그런 규칙들이 존재하는 거 아닐까?"

"그래서 답이 '모른다'인 거야?"

"정답!"

정답! 하고 경쾌하게 외치며, 너는 달빛이 흠뻑 차오른 밤하늘을 배경으로 나를 향해 웃어 보였다. 돌이켜보니 너의 웃는 얼굴에 정말이지 잘 어울리는 배경이었다.


고개를 돌려 창밖을 바라보니 오렌지색과 옅은 분홍색이 뒤엉킨 하늘이 눈에 들어온다. 너는 어떻게 됐을까. 나와 함께 보냈던 기억들과 함께 완전히 소멸된 걸까. 어쩌면 지금 이 순간도 다만 보이지 않는 형태로 내 곁에 함께 있어 주고 있는 것은 아닐까.

엉뚱한 상상으로 가득했던 그 어린 날의 나로부터 이어진 너의 모습들이 나를 영영 혼자 남겨 두고 사라지기엔 너무나 온화하고 따뜻해서 어딘가에 여전히 나를 바라보고 있을 것만 같다는 생각에 이르자 갑자기 가슴이 두근거렸다. 창밖의 시간은 점점 흐르고 이제 태양은 조금밖에 남지 않은 순간, 그날의 너를 부드럽게 감싸던 달빛이 곧 모습을 드러낼 시간이다.

이 근거 없는 자신감은 대체 어디서 나오는 걸까. 왠지 그냥 갑자기 그 달빛 너머 어딘가 네가 나를 바라보고 있는 것만 같은, 마치 지금 이 창밖으로 너와 눈이 마주친 것 같은 들뜬 기분이 가슴 벅차게 내 마음을 파고들었다. 나는 망설임 없이 창문을 활짝 열어젖혔다.

"보고 있어?"

들려오는 그 어떠한 답도 너의 목소리도 없는데 어느새 내 얼굴엔 생기 가득한 웃음이 번지고 있었다.

"잘 지내고 있었어? 나는 잘 있었어!"

어쩌면 조금 미쳐 버린 건 아닐까.

"나 기다렸어?" 하고 묻는 순간,

"장단콩! 봤어?! 지금 분명히!!"

별똥별이다, 그날처럼. 혼자서도 씩씩하게 반짝이는 별

하나가 포물선을 그리며 날아간다.

너는 말했다. 별똥별이 떨어지는 순간 너의 세상과 나의 세상이 연결된다고. 마치, 조금 전의 조그마한 저 별이 '나 기다렸어?' 하는 물음에 대한 너의 대답 같았다. 분명 그럴 것이다. 그토록 서로를 오랫동안 마주 봤던 우리는, 다정하게 서로를 안아주던 너와 나는 어느 한쪽이 존재하는 한 절대 서로를 두고 사라져 버리지 않을 것이다.


달빛 차올라 너무 늦기 전에 너를 데리러 가
깜짝 놀랄 너를 생각하며 지금 데리러 가
데리러 가 데리러 가
다른 이유 하나 없이 데리러 가
이 밤을 앞질러 너를 데리러 가
혹시 너 막연히 날 날 날
떠올릴까 봐 지금 내가 내가 네게로 가
혼자선 그리울 밤 밤 밤
견디기 싫어 지금 너를 너를 데리러 가


저 달빛이 가득 치올라 작고 여린 별의 빛을 가려 버리기 전에 나는, 너를 데리러 간다.

우리가 함께일 '너의 세상으로'.

작
사
후
기

# 1.

## 너의 세상으로
EXO

이 곡을 목차의 가장 처음에 두기로 한 것은 몇 번을 다시 생각해 봐도 '별이 다섯 개'인 것으로! EXO라는 그룹을 좋아하고, 응원하는 나의 개인적 팬심을 떠나 나름 나에게 특별한 의미가 있는 곡이기 때문이다.

바야흐로 2011년, 나는 지금의 한글 제목이 아닌 다른 영어 제목의 데모를 받았다. 이는 내가 작사 일을 시작하고도 제법 시간이 흐른 시점이었는데, 나는 이 곡을 작업하면서 뭔가 '내가 재미있어하는' 톤의 가사가 무엇인지를 알게 됐다. 물론 그전에도 가사 쓰는 일을 늘 열심히 하고 싶었고 잘하고 싶었던 것은 마찬가지였지만 솔직히 이전을 돌이켜보면 그냥 무작정 열심히'만' 했던 것 같기도 하다. 스스로 평가하기에 나는 일을 하는 센스가 엄청 좋거나 아이디어가 많다기보다는 그냥 책상머리에 앉아 승부를 보는 타입이라 무언가를 대단히 계산하고 기획하면서 치밀하게 일하는 건 예나 지금이나 좀 무리다. 연차가 쌓이다 보니 예전보다는 조금 머리를 쓸 때도 있지만 이 같은 과정이 적어도 나에게 있어서는 결과 여부와는 크게 상관이 없다는 결론에 이르렀다. 그냥 될 곡은 되고 안 될 곡은 안 되더라 정도?

그런데 그 모든 과정과는 별개로 이 곡은 정말이지 작업을 할 때부터 녹음되어 나온 후의 결과물을 처음으로 곱씹을 때까지 한결같이 '재미'가 있었다. 아무리 좋아하는 일도 '일'이 되면 느낌이 달라지는 법이다. 그런데 나는 이런 스토리텔링이 녹아 있는 가사를 쓰다 보면 저절로 눈에 불이 들어온다.

이 곡을 소재로 한 글의 마무리 부분에도 얼핏 다루었는데 이 곡은 데모부터 그냥 '막×오조오억'으로 좋았다. 그래서 막연하게 '엄청나게 대박적으로 아름다운 가사를 써보고 싶어!'라는 '로오망'이 있었는데 이런 데모에다가라면 속된 말로 똥을 찍어 발라도 아름다운 노래로 들릴 것같았다. 큰 설정에 대한 부분이 좀 뜬구름 잡는 느낌이 없지 않아서 '이렇게 해도 되려나?' 하는 불안감이 있었지만 데모발을 믿고 그냥 가 보기로 전격 결정! 그래서 쫄지 않고 일단 뭐가 됐든 쓰기로 했다.


　너의 세상으로 여린 바람을 타고
　네 곁으로 어디에서 왔냐고

해맑게 묻는 네게 비밀이라 말했어
마냥 이대로 함께 걸으면 어디든 천국일 테니


이 가사의 아이디어는 내가 평소에 떠오르는 소재들을
틈틈이 메모해 놓는 수첩 한 장에 적혀 있던 내용이다.
MBC의 한 프로그램에서 아이디어 작가로 일할 당시, 협
찬으로 사이판에 가게 됐는데 그때 탔던 비행기에서 떠올
랐던 생각이다. 무려 태어나서 처음 타 본 국제선이었고,
아침 해가 떠오르는 순간을 비행기 안에서 보내 보는 그
것은 스무 살을 넘긴 지 얼마 되지 않았던 '귀여운' 시절의
나에게는 엄청 두근거리는 경험이었다. 그때 창문 너머의
구름 색이 햇빛, 하늘, 투명한 유리창, 비행기라는 공간, 그
리고 나의 두근거리는 기분과 어우러져서 정말 아름다웠
는데, '세상에 천사가 존재한다면 그들은 이런 풍경을 매
일 볼 수 있겠네. 부럽다!' 하는 생각을 했다. 그 순간에 간
단히 메모해 두었던 것을 데모에 맞춰서 판타지한 느낌의
사랑 노래로 풀어 보았다.

두 시간이 채 걸리지 않는 짧은 시간 안에 한 곡의 가
사가 완성됐다. 서사성이 있는 줄글은 웬만해서는 다 좋
아한다. 그 덕분인지 곡의 코러스 부분을 만들어 놓고 나
니 그 외의 부분들은 마치 이 이야기에 빠져들듯 스르륵
스르륵 쓰였다.

팀이 데뷔를 하고 난 후 알게 된 사실이지만 운도 따랐다. 당시에 회사에서 기획 중이던 '엑소플래닛'을 중심으로 한 세계관과 이 가사의 흐름이 그럭저럭 잘 맞아떨어져 시너지가 좋았던 것이었다. 비슷한 시기에 비슷한 스타일로 작업했던 작품으로는 역시 EXO가 가창을 했던 'Baby don't cry'라는 곡이 있는데, 이것도 정말 푹 빠져 작업했던 곡 중 하나다. 나는 여전히 이런 작업이 참 재미있지만 요즘 시장에서는 실상 그렇게 선호되지 않는 스타일인 것 같아 조금 아쉽다. 요즘은 대체로 이지 리스닝을 선호해 발음도 내용도 쉽고 간단한 것을 원하는 경우가 많다. 여담이지만 이 곡의 가사에 애정을 듬뿍 가지고 있는 반면 '인간을 사랑한 천사'라는 소재는 정말이지 말을 꺼낼 때마다 시선을 어디다 둬야 할지 모르겠을 만큼 수줍다. 나에게도 오그라들 수 있는 손과 발이 각 두 개씩 있기 때문이다.

널 사랑하게 돼 버린 난 이제 더 이상 빨개질 얼굴이 없어요. 손발을 거둬 가셨죠.

# 2.

## When I'm Alone

f(x)

이 구역의 오랜 '걸그룹쟁이' 1인으로 당당히 말하건대, f(x)는 내가 특히 좋아하는 팀이다. 이전까지의 걸그룹과 는 차별화된 f(x)만의 독특하면서도 세련된 색감이 처음 영어 데모를 받아 재생 버튼을 누르는 순간부터 밀려온다. 가사들이 가지고 있는 결 또한 f(x)는 걸그룹 중 하나라기 보다는 'just f(x)'라는 표현이 더 잘 어울린다고 생각한다. 보컬의 색 또한 '아름답다', '몽환적이다' 같은 규정된 이미 지의 나열보다는 'just f(x)'가 맞을 것이다.

이 책의 목차를 구성하며 어떤 곡들을 채우면 좋을까 고민을 많이 했는데 일단 우선시 한 것은 전체적으로 하 나의 맥으로 이어질 수 있는 곡들을 찾는 것이었다. 좋아 하고 애정을 듬뿍 쏟은 곡이지만 이 과정에서 안타깝게 빠진 곡들도 많다. 그렇게 몇몇 곡들을 죽 뽑아 놓고 보 니 〈When I'm Alone〉이 마치 형광펜을 칠한 것처럼 눈 에 띄었다. 꽤 오래전에 작업한 곡임에도 불구하고 이 곡을 작업할 때의 기분과 그때의 상황 같은 것들이 단숨에 되살아났다. '내가 혼자 있을 때'라는 하나의 조건을 놓고 아이디어에 살을 붙여 가는 과정에서 나는 고등학생 시절의 나를 떠올렸다.

'중2병'이라고도 하는 그 증상이 나는 또래보다 일찍 와서 꽤 오래 갔던 것 같다. 그래서 내면이 많이 어지럽기도 했다(지금이야 내일이 오지 않을 듯이 살고 있지만). 어쩌면 우연일 수도 있고, 어렸을 때부터 워낙에 덜렁댔던 내 기억의 오류일 수도 있는 일상 속의 상황들은 사춘기가 폭발하던 그 시기의 나에게 하나하나가 너무나 매력적인 장치였다. 고백하건대 그때 나는 친구도 정말 마음 맞는 친구들 몇 명을 제외하고는 대체로 어울리는 것이 힘들었다. 전형적인 '중2병'의 증상일 것 같은데, 책상에 앉아 교실을 바라보면 마치 '관객 1'이 된 것 같은 기분이었다고나 할까. 또래의 평범한 여학생들이 나누는 대화, 스타일, 목소리, 화장품 같은 것들이 열일곱, 열여덟 살에는 하나같이 다 별로였다. 저게 좋은가? 저게 재미있나? 투성이였다. 거기에 방점을 찍은 것은, 쉬는 시간에 시끄러운 교실을 피해 복도에 나가 약간은 '일부러' 어려운 책을 읽던 허세다. 물론, 지금의 마인드를 갖고 타임슬립을 할 수 있다면 진짜 극단적으로 다른 학창 시절을 보내 보고 싶다. 교복치마를 줄여 입고 그냥 눈 마주치면 다 친구인 그런 느낌으로. 고

작 3년인데 학교를 그렇게 다녔다니 흑역사가 너무나 방대하다. 그런 시니컬한 시간의 흐름 한편으로, 머릿속은 온통 내일 세상이 멸망할 듯한…… 아! 고급스럽게 돌려서 표현할 수 있는 좋은 단어가 생각나지 않으니 날것 그대로 써야겠다. 가슴을 울리는 '팬픽 감성'이 가득했다! 그때는 왜 그렇게 모든 생각이 극단적이며, 깊고도 아득했는지 모르겠지만 하나 확실한 것은 흑역사는 흑역사일지언정 그때의 그 감성이 없었다면 오늘의 내가 없을 거라는 것.

이 곡을 전체 목차들 중 앞부분에 배치하고 싶었던 것은 꼭 작사가 아니더라도 뭐가 됐든 자신의 상상력을 기반으로 창작하는 일을 하고자 하는 누군가를 응원하고 싶었기 때문이기도 하다. 너는 너무 생각이 많다든가, 맨날 엉뚱한 상상에 빠져 있는 조금 이상한 애라는 말이 언젠가 꿈을 이루었을 때 최고의 찬사가 되기를 바라면서 말이다.

현실과 완벽히 차단되어 나 혼자 남겨진 시간에 분명 무언가 엄청난 일이 벌어질 거라고, 어쩌면 단순한 착각일 수도 있는 소소한 상황들이 마냥 우연은 아닐 거라고 상상하기 시작하면 그 순간부터 일상은 판타지가 되고 '나'는 주인공이자 무소불위의 화자가 된다. 작사가를 지망하는 사람들이나 작사를 이제 막 시작한 작가들이 흔히 하는 질문이 '가사의 아이디어는 어디에서 얻으면 좋을까요?', '가사의 흐름 속 '화자'의 상황이나 성격을 어떻게 설정해야

할지 모르겠어요.'인데 앞에서 언급했던 내용들이 그 질문
의 가장 정확한 답이 아닐까 싶다.

"당신이 주인공이었던 가장 짜릿한 상상을 떠올려 보세
요!" 하고 말이다.

~~~~~~~~~~~~~~~~~~~~~~~~~~~~~~~~~~~~~~~~~~~~

## 3

## Rookie
### Red Velvet

작업했던 레드벨벳의 곡 중 두 번째 활동곡이었던 '루키 루키 마 수퍼 루키 루키 루키 맞지 맞지 그 느낌적인 느낌 느낌'을 떠올려보자면 이 곡은 진짜 시안을 내는 것만으로도 '졌지만 잘 싸웠다!'의 느낌이 강했던 곡이다. 최종 컨펌된 가사에는 '루키 루키'와 '느낌 느낌' 등으로 조금씩 다르게 구성되어 있지만 데모상으로는 그게 온통 'Gushy' 라는 단어로 도배가 되어 있었다. 당시에는 정말 '후크송이 아니면 가요계에 들어오지도 마라!' 같은 분위기로 후크송이 도배가 되던 시절이라 이 데모에 뭐가 필요한지는 알겠는데 막상 그걸 일로 하려니 답이 안 나왔다. 보통 이렇게 데모가 해당 키워드를 향해 돌진! 할 때는 그 키워드를 살려서 작업하는 것이 일반적이고 이실삼도 적어서 살려서 작업해 달라고 가이드라인이 오는 경우가 많은데 'Gushy'는 일단 키워드 자체가 조금 생소해서 다른 단어로 대체되었으면 좋겠다는 가이드를 받았기 때문이다. 그

때부터였을까? 이 노래를 향해 '응, 반가웠어. 너는 참 좋은 데모였단다.' 하고 손을 흔들었던 게. 덕분에 이 노래는 특히나 작업하기 전에 데모를 진짜 다른 곡보다 더더더 많이 들어야 했다. 계속 듣다 보면 뭐라도 떠오르지 않을까 하고.

일단 대체 가능한 키워드를 쭉 리스트업 하면서 창밖으로 해가 뜨고, 지고, 간식을 먹고, 밥도 먹고, 갑자기 막 책상 정리를 하면서 데모를 듣는데, 아…… 뭘 갖다 붙여도 점점 더 자신이 없어지는 씁쓸한 시간이 지속됐다. 하다하다 나중에는 '토끼 토끼! 꼭 깜짝 놀란 토끼 토끼' 이런 것까지 생각해 보았는데 '막내 멤버 예리가 하면 귀엽지 않을까' 하고 행복회로도 돌려보았지만 역시 탈락시켜야 했다. 그 외에 'Gimme Gimme'라든가, 'Kitsch', 'Catch', 'Peach' 등등 무수히 많은 키워드들이 탈락됐다.

리스트업 했던 키워드들 중 'Rookie'를 최종적으로 고르게 된 것은 레드벨벳이 데뷔하기 전 연습생 시절에 나왔던 SM 루키즈 영상 덕분이었다. 데뷔 후에 활동곡으로도 쓰였던 S.E.S.〈Be Natural〉커버 영상을 내가 또 무척 좋아했다. S.E.S.의 오랜 팬으로서 연습생들이 이 곡을 커버했다고 했을 때 일단 많이 반가웠고, 영상 속 두 멤버의 모습을 보고 있자니 풋풋함에서 오는 경직됨과 절도 있음의 사이를 엄청 신선하게 넘나드는 신인 특유의 느

낌이 '와, 진짜 존재감 대박! 에너지 짱짱! 보이그룹에게
도 절대 안 밀리겠다!' 할 정도로 가슴을 후려쳤다. 더 이
상 길게 고민해 봤자 시간만 쫓길 뿐 내 머리에서 나오는
키워드는 고만고만하다는 결론을 내리고 시안을 써 내려
가기 시작했다. 'Rookie'라는 키워드를 잡고 나자 그다음
내용들은 그다지 어렵지 않게 채워 내려갈 수 있었다. 내
가 '너는 나의 수퍼 루키'라고 인정한 상대와 어떤 장면이
펼쳐지면 더 짜릿하게 두근거릴까? 하는 고민을 계속 하
다 보니 데모의 통통 튀는 톤을 살리기에 '직진'과 '질투'
만 한 게 없었다. 물론! 내 개인의 취향일 수도 있지만, 노
골적으로 질투하는 상대는 늘 옳지 아니한가(준비물: '최애'
의 얼굴과 피지컬+약간의 망상).

　이 곡은 무려 녹음을 다 하고 난 어느 날엔가 서울에 급
히 호출돼 회사에 가서 한 번 더 수정을 하는 작업도 거쳤
다. 보통은 메일로 받아서 집에서 하는데 레드벨벳 담당
관계자분들과 마주 앉아 바로바로 피드백을 받으며 수정
하는 사이 영혼이 탈탈 털렸다. 낯가림도 심한 데다 모태
쫄보라 어쩔 수 없었다. 어쨌거나 이 곡을 해 내고 나서는
'아, 이제 진짜 그 어떤 후크송도 할 수 있을 것 같아!'라고
자신감이 넘쳤는데, 그 다음의 언젠가, 새로운 데모를 받는
순간 참교육을 당하며 이 자신감은 끝을 맺었다.

# 4.

~~~~~~~~~~~~~~~~~~~~~~~~~~~~~~~~~~~~~~~~~~~~~~~~~~~~~~~~

## Simply Beautiful

### Super Junior

네가 왜 예쁜지 어디가 그렇게 예쁜지

내가 왜 네 손을 잡는지 궁금해하는 걸 알아

네가 왜 좋은지 어디가 그렇게 좋은지

내게 묻는다면 난 있지 같은 답을 하겠지


〈Simply Beautiful〉의 전체 가사 중에 내가 가장 좋아
하는 단락이다. 이 부분이 왜 좋은지 어디가 그렇게 좋은
지 이야기해 보기 전에 '지인짜' Beautiful은 어쩜 발음마
저도 Beautiful일까. 아름답다는 말은 왜 글자마저 한글
로 써도, 영어로 써도, 다른 제3국의 언어로 써도 그저 마
냥 아름다울까. 단어가 가지고 있는 어감이나 색, 온도 같
은 것들은 참 신기할 정도로 그 의미를 많이 담아내는 것
같다. 이 곡의 후렴구에 가장 많이 등장하는 가사가 바로
simply와 beautiful인데 'sim'을 발음할 때 그 잇사이로
살짝 공기를 머금었다가 'ply' 할 때 허공에 작은 꽃잎이

나 깃털을 띄우듯이 뱉어내는 그 느낌이 참 묘하고 막 그렇다. 색깔로 따지면 파스텔톤 같은데 비음이 또 가창하기에 따라서 살짝 섹시한 느낌도 난다. 물론 이건 내 개인적인 의견이다.

슈퍼주니어의 경우 가사 쓰기 전에 고려해야 할 게 있다. 바로, 어른 남자의 무드를 확고하게 가지고 가야 한다는 것. 일단 팀 전체의 평균 연령이 높기도 하고, 연차가 쌓인 팀의 경우 그동안 앨범 한 장 한 장을 내면서 성숙함을 더해 왔기 때문에 단어 사용이라든지, 어투 같은 것들이 너무 어린 느낌을 주지 않도록 하는 것을 특히 신경 써야 한다. 그런데 이 지점들이 또 꽤 강력한 딜레마이기도 하다. '어른 남자'가 뭐 별건가? 하는 생각이 들기 때문이다. 누군가를 사랑하게 되는 순간, 어리다거나 나이가 많다거나 하는 것들을 모두 초월한 감정에 빠져들지 않는가(소아성애 유의 누가 봐도 범죄인 것은 아예 언급도 하지 않겠다). 그냥 상대방에게 마냥 좋은 사람이고 싶고, 스스럼 없이 사랑을 주고, 또 받고 싶은 그런 기분은 나이에 상관없이 유효한 감정이라고 생각한다.

이 곡 가사의 구성을 보면 전체적으로 서정적이고 비유적으로 풀어진 부분이 많은데, 그에 비해 서두에 적은 단락을 보면 이 부분은 그냥 너무나 현실 어둡다. 그러다 보니 전체 구조와의 어우러짐이 좀 부족한가 싶은 우려가 있었는데 아무리 에둘러 표현할 말을 찾아봐도 이보다 선명하게 전달되지 않았다. 그래서! 어떻게 되든 가 보기로 했다. 이 가사가 채택돼 혹시라도 이 부분에 대한 수정 요청이 들어오면 그때 가서 고민하면 된다.

결과적으로 이 곡은 수정을 거의 안 했다. 덕분에 현실 연애 감정에 있어서 내가 처음 기획했던 감정선이 잘 녹아 있는 채로 곡이 나왔다. 가장 단순하고 거창한, 꾸밈이 없는 마음으로 상대를 올곧게 사랑하고, 사랑받는 순간의 행복감을 담뿍 집어넣고 싶었던 마음 말이다. 그리고 후렴구 마지막에 '나의 곁에 날아드는 새 / 나의 품에 잠이 드는 새'라는 구절이 있는데, 이곳은 어미로 사용된 '새'가 '~한 사이'의 준말과 'Bird'의 의미 사이에서 듣는 사람의 기분에 따라 달리 전달되었으면 좋겠다고 생각해 열어 둔 부분이다. 가사를 쓸 때 '나는' 이 흐름이나 주어가 무엇인지 머릿속에 정리한 채 쓰고 있지만, 곡이 나온 후에 이런 부분들을 굳이 '이것은 뭡니다!' 하고 공표를 하고 싶지는 않다. 자기가 좋아하는 아티스트의 노래인 만큼 청자들이 듣고 싶은 대로 자유롭게 느끼고 입맛대로 즐기는 쪽이 더 좋다고 생각하기 때문이다. 그런 의미에서 EXO 〈Baby don't cry〉의 화자가 인어공주가 사랑한 왕자인지 아니면 제3의 누구인지는 끝까지 말 안 해야지, 데헷 ;)

# 5.

## 투명우산
## Don't Let Me Go
### SHINee

발매된 지 시간이 좀 지난 곡들은 웬만해서는 다시 들어지지 않는다. 큰 이유는 당장 새로 작업해야 하는 곡들이 쌓이다 보니 새로 써야 하는 데모를 듣기에도 시간이 넉넉하지 않기 때문이고, 작은 이유로는 발매 후 어느 정도 시간이 지나면 발매 당일 두근두근하면서 음원을 모니터하던 그 감정들 역시 조금씩 현실 감정들에 부딪혀 마모되기 때문이기도 하다. 그런데 〈투명우산〉은 발매된 지 꽤 시간이 지났음에도 불구하고 요즘도 비가 오는 날이면 이 노래가 다시 듣고 싶어진다. 최대한 담담한 기분으로 혼자서 창밖을 바라보며 듣는 곡이기도 하다.

어렸을 때 참지 않는 에너지를 웬만큼 소진한 덕분인지 나이가 들수록 나는 오히려 감정의 진폭이 거의 없게 느껴지는 성격의 어른으로 진화했다. 웬만한 건 그냥 다 그럭저럭 받아들이고 그런가 보다 한다. 어차피 현실이나 타인은 내가 바꿀 수 없고 부딪혀서 상처받는 것은 내가 모든 것을 각오하고 그러기로 '결심'한 특별한 이벤트여야 한다. 그럼에도 불구하고 일을 할 때는 각 곡의 주인공이 되어서 하나의 서사를 완성해 내려가야 하고 그러려면 감정 과잉은 선택이 아닌 필수가 되어 버린다. 그래서 이 곡의 가사 작업을 할 때는 곡 안에서의 감정선을 장대비처럼 때려 맞으며 흠뻑 젖어 떠내려가지 않을 수가 없었다. 보통은 조금 먹먹한 기분이 되는 선에서 끝나는데 이 곡은 내가 품고 끌고 가야 했던 이별의 감각이 너무나 선명하게 와 닿아서 작업 중에 눈물이 자꾸 차오르려고 했다. 그 순간 본능적으로 알았다. 여기서 스위치가 눌려 버리면 이 곡은 망한다! 눈물이 터져서 울어 버리면 눈물과 함께 이 감정들이 쏟아져 흘러가 버릴 것이 틀림없었다. 그래서 두세 시간 정도 정말 입술을 꽉 깨문 채로 겨우겨우 마지막 줄까지 가사를 채워서 저장을 하고, 메일까지 보낸 뒤에 곧장 이불로 가서 참지 않고 울었다. 이전에도 이별의 감정을 소재로 한 가사를 몇 번이나 작업해 왔지만 이렇게까지 현실 울음이 터져버린 것은 처음이었다. 나중에 샤이니 콘서트 무대라든지, 댓글 같은 걸 모니터하다 보니 '아, 이 정도로 내가 못 견딜 만큼 내 감정을 쏟아부어야, 부르고 듣는 사람에게 제대로 전달이 되는구나' 하는 생각이 들었다. 그런데 창작자의 마인드라면 정말 이게 맞는 것 같다. 건조한 마음으로 쓴 글이 다른 사람을 울고 웃게 하기를 바란다면 그거야말로 정말 욕심이 아닐까. 내가 가사 작업을 하며 이불 뒤집어쓰고 소리 내 울었던 곡이 딱 두 곡인데 하나가 바로 이 〈투명우산〉이고, 나머지 한 곡은 샤이니 정규 6집에 수록된 〈Tonight〉이다. 〈Tonight〉에 대해서는 말을 좀 아끼고 싶다.

이 곡을 소재로 해서, 이야기의 신(scene) 구성을 어떻게 하면 좋을지 꽤 천천히 조심스럽게 고민했다. 처음에는 원래 가사의 흐름대로 남겨진 사람의 시점에서 쓰고 있었는데 쓰면 쓸수록 이미 그 관점에서의 감정은 내가 쓸 수 있는 최대치를 〈투명우산〉의 가사에 다 소진한 것 같다는 생각이 들었다. 그래서 잠시 멈춰 놓고, 반대로 먼저 떠난 사람은 어떤 기분이었을까 하고 고민해 보았다. 〈투명우산〉의 가사 안에서 떠난 사람이 무척 담백하게 묘사된 것에 비해 막상 그 감정을 파고들다 보니 그것은 또 그것대로 마음이 아팠다. 진심으로 사랑했다는 전제하에 상대를 두고 먼저 떠나는 것은 정말 용감한 사람들이나 할 수 있는 것 같다. 적어도 내 성격에서는.

한참을 그렇게 나 홀로
우리 이별을 그리고
멋지 못할 이 비가 내리고
젖어 드는 이 그림 속에 (번지는 그대)

나보다 한 발 더 먼저 (잊지 못하게)
넌 어느새 첫발을 내딛고
멀어져 가 날 두고
말없이 비는 밤을 적시듯

혹시 이 글을 읽고 오랜만에 〈투명우산〉을 다시 꺼내 들어 보는 누군가가 있다면 마지막 줄의 가사가 끝나고 난 후에 피아노 소리 너머로 들리는 빗소리를 꼭 들어 주었으면 좋겠다. 비록 내가 가사로 써 내려간 부분은 아니지만 이 가사는 그 빗방울 소리까지가 포함되어야 비로소 완성되는 느낌이다.

# 6.

## O'MY

IZ*ONE

내가 진짜 티 나게 확 덕질을 하지 않아서 그렇지 정말 웬만한 걸그룹을 다 좋아한다. 이 팀은 이래서 좋고 저 팀은 저래서 좋고. 멋있어서 좋고, 예뻐서 좋고, 열심히 해서 좋고, 끼가 많아서 좋고 등등! 작업 빈도로 볼 때는 보이그룹 작업을 훨씬 더 많이 하는데(이건 어쩔 수가 없다. 시장 자체가 보이그룹을 더 많이 소비하게끔 유도하니까) 그러다가 간만에 걸그룹 가사 작업을 들어가면 기분이 확 전환되는 느낌이 든다. 별사탕이랑 과일이랑 초콜릿이랑 '쩰리'(젤리 아니다. '쩰리'다)랑 각종 탄산음료를 한입에 쌈 싸 먹으면서 팡팡 터지는 기분! 특히 이 곡처럼 통통 튀는 곡을 받았을 때는 쓰면서도 그다지 지치지 않는다. 그냥 막 데모 끝날 때까지 밑도 끝도 없이 즐겁다.

　　짜릿한 소다 속에 뛰어든 것 같애
　　격하게 Roller coster 앗 뜨거운 Toster

하게 되어 버리는 것이다! 작사가의 작업 환경이나 스타일에 대해서, 다른 작가들의 이야기를 들어 보면 보통 저마다 작업하는 방식이나 선호하는 조건들이 다 다르다. 각자의 취향이나 루틴에 따라 패턴화하는 부분이 있기 때문에 뭐가 더 좋다, 어떤 환경이 더 바람직하다 같은 규정을 내릴 수는 없는데 나 같은 경우에는 좀 중요한 것이 작업은 무조건 집 안에서! 아무도 안 보는 곳에서! 혼자 작업을 해야 효율이 좋다. 이유는 내가 가사 작업을 할 때 키보드를 두드리는 손보다 몸이나 얼굴을 더 많이 쓰기 때문에 누가 볼까 부끄러워서.

앞서 〈투명우산〉 리뷰에서 살짝 언급하긴 했는데 나는 쓰는 사람의 몰입도가 정말 중요하다고 여긴다. 그래서 작업 들어가기 전 해당 아티스트의 무대 영상을 수없이 돌려 보며 목소리나 멤버 표정 등에 '접신'하는 시간이 좀 필요하다. 그렇게 작업을 시작하면 그다음부터는 꽤나 격렬한 립싱크의 시간이 기다리고 있다. 지금 이야기하고 있는 아이즈원을 예로 들면 〈프로듀스 48〉 때부터 기억에 남았던 무대 퍼포먼스 영상을 보면서 "멋있고 예쁘고 귀여워" 하며 주접 섞인 덕질 타임을 가진 후, 지금부터 나는 세상에서 가장 상큼한 인간 종합 과일 선물세트다! 하고 컴퓨터 앞에 앉아 신나게 끼를 부리면서 일을 했다. 나는 지금 원영이고 유진이고 다 할 것이기 때문에 누군가 나에게 "원영아!" 하고 부르면, 뻔뻔하게 머리카락을 촥 날려 넘기며 "네?" 하고 모태 아이돌 표정으로 돌아볼 수 있다. "나코짱!" 하고 불러도 0.1초 만에 "하이!" 바로 나온다. 이렇게 작업을 하면 정말 신난다. 그리고 대체로 많이 신났던 노래들일수록 결과물이 좋은 편이다.

이 곡은 탑 라인 자체에서 통통통 하는 소리가 그냥 막 뿜어져 나왔기 때문에 이런 느낌들을 최대한 살려서 가고 싶었다. 그래서 발음의 구성이나 라임에도 신경을 많이 썼는데 이런 것들은 막 억지로 한 것은 아니고, 그런 느낌들을 상상하다 보면 자연스럽게 가사도 그렇게 흘러가는 것 같다. 예를 들면, 가사 중 '톡 쏘는 JERRY'에서 '톡!' 은 짧고 가볍게 탁 치면서 앙큼한 표정 연기가 가능하고, 'JERRY'는 굴러가는 소리 위주로 구성되어 있어서 이 두 가지를 연달아 붙여서 '톡!↑쏘는 JERRRRRRY' 하고 끼를 부리는 조합을 만들어 낸다든가 하는 식이다.

〈O' MY!〉 같은 경우에는 해당 구간에 원래 붙어 있던 데모 가이드의 가사가 'Oh, boy!'였는데, 의뢰가 들어올 때 'boy'를 다른 키워드로 대체해 달라는 가이드라인이 있었다. 그런 의미에서 확실히 요즘 걸그룹 가사 의뢰 때 보면 전반적으로 기획 단계에서부터 예전에 비해 젠더 감수성에 대해 굉장히 많이 고민하고 있는 게 느껴진다. 이 노래도 같은 맥락에서 자칫 'Oh boy!'에게 '너는 왕자님이고 나를 지켜주었으면 좋겠고' 같은 톤의 가사가 나오는 것을 기획 단계에서부터 방지하고자 한 것으로 이해된다. 이런 흐름들이 걸그룹 가사에서 보인 것은 이제 제법 오래됐는데, 흥미로운 지점은 요즘은 보이그룹 가사들도 같은 지향점을 향해 가고 있다는 것이다. 최종 컨펌 단계에서 혹시라도 이 가사에 논란이 될 여지가 있는지를 점검하고, 확인하고, 필요한 경우 수정 요청이 들어온다. 아이돌 산업에서의 주 소비층이 여성인 만큼 업계가 여성친화적으로 움직이기 시작한 것은 이제 분명한 시장의 흐름이고 트렌드인 것 같다.

# 7.

## 너를 그리는 시간
### Drawing Our Moment
태연

원래 처음 이 책을 기획할 때 해당 챕터 자리에 있던 곡은
〈너를 그리는 시간〉이 아니라 〈UR〉였다. 〈UR〉라는 곡에
대한 애착이 크기도 했고, 글 전체의 결과도 잘 맞아떨어
진다고 생각했으며, 곡의 틀을 잡던 때의 이야기도 좀 되
짚어 보고 싶고 겸사겸사. 그러다 에피소드를 바꾸게 된
건 별다른 이유는 아니고 여섯 번째 에피소드의 1차 교정
을 보던 새벽에 비가 왔기 때문이었다. 마지막 저장을 누
르고 구겨져 있던 어깨와 허리를 펴는데 창밖이 '어슴푸
레 물든 새벽 빛'이었다. 그때 결심! 아, 이 느낌을 그대로
쥐고 다음 에피소드로 넘어가자. 〈너를 그리는 시간〉을 작
업할 때 참 포근한 기분이었으니 〈UR〉는 언젠가 풀 기회
가 있겠지.

앞에서도 몇 번 언급된 것 같은데 아름답고, 따뜻하고,
포근한 이미지에 대한 '로오망'이 있다. '태연'이라는 보
컬은 나에게 있어서 내 이런 로망의 절정이다. 내가 '감

히' '내 마음대로' 심지어 '몰래!!' 그녀를 내 마음속의 페르소나로 전격 결정! 했을 정도로 말이다. 소녀시대 때부터 시작해 꽤 여러 곡의 결과물들이 있는 동안 실제로 태연을 만난 건 콘서트 무대에서 면봉 사이즈로 본 게 전부다. 그런데 어느 순간 작업했던 가사들을 그녀의 목소리로 듣고 있자면 한 글자 한 글자를 정성껏 불러 주고 있을 녹음실에서의 모습이 마치 같은 공간에 있는 것처럼 눈앞에 그려지고, 그렇게 노래가 되어 세상에 나온 곡을 듣고 있다 보면 이것은 틀림없는 '교감'이라는 느낌을 받는다. 그룹이 아닌 단 한 사람의 목소리라서 그럴까 아니면 태연이 워낙 반박불가 좋은 보컬이라서? 혹시 어쩌면 내가 느끼는 것처럼 그녀 또한 최종 정리된 가사지를 처음 받았을 때, 내가 가사에 담아 내고 싶었던 이야기들이 자신의 목소리처럼 느껴지려나. 만약 그렇다면 정말 정말로 그녀에게 더 없이 감사하다.

너를 '그리는' 시간은 제목 그대로 중의적 의미를 가지고 있다. 눈앞에 두고 바라보면서도 너를 '그리워' 할 만큼 사랑스러운 시간, 그리고 본문에 쓴 것처럼 마음의 색으로 너를 '드로잉'하는 시간. 듣는 사람이 이 가사를 어느 쪽에 더 어울린다고 느끼든 그건 이미 내 손을 떠난 일이고 누구든 자신의 마음에 더 드는 쪽으로 향유해 주면 그걸로 좋을 것 같다. 다만 그 순간들이 번지는 풍경이 최대한 일상의 공간이었으면 하는 바람은 있다. 가사에 다룬 것처럼 빗소리에 잠시 잠에서 깨는 새벽이라든가, 나란히 길을 걷다가 불현듯 성적 긴장감 없이 담백하게 손을 잡는 순간이라든가. 잘 차려입은 풀 메이크업 상태보다는 그냥 집에서 입는 편한 옷을 입고 쿠션에 기대 있는 것 같은 그런 기분 말이다. 곡의 전체에서 내가 가장 좋아했던 부분은 가창본을 듣기 전에는 '모든 걸 다 비운 듯이 새하얗던 내 맘속'이었다. 그런데 앨범이 나오고 완성된 곡으로 들었을 때 이 부분이 바뀌었다.

더 긴 밤 꿈에 날린 고운 그 빛 따라 걷다 우연히
나를 찾던 널 알아봤던 건 눈물 나게 따스해

좋아하는 부분이 바뀌게 된 이유의 8할은 앞에서도 꽤 나 길게 늘어놓았던 태연의 보컬이다. 그녀의 목소리가 참 눈물 나게 따스하고, 한참동안 찾아 헤맨 누군가를 우연히 맞닥뜨린 것처럼 서럽도록 반가웠다. 이 글을 쓰고 있는 2020년의 늦가을을 기준으로, 어수선한 비이러스 창궐 덕에 공연을 못 본 지가 벌써 한 1년이 되어 가는 것 같다. 언제쯤 다시 K-POP 공연을 보러 갈 수 있을까. 다른 많은 아티스트들의 공연도 그렇지만 나는 보컬리스트 태연의 공연이 정말 보고 싶은데…….

~~~~~~~~~~~~~~~~~~~~~~~~~~~~~~~~~~~~~~~~~~~~~~~~~~~~~~~~

## 8

## Whiplash
### THE BOYZ

이렇게까지 디테일하게 이야기하면 진짜 너무 '빠순이' 시조새 같을까 봐 좀 머쓱하지만 옛날 옛날에 콘서트에 가고 싶은 휴먼들은 발품을 팔아 은행에 가야 하던 시절이 있었다. 너란 공연 정말 '쉽지 않은 미션'이던 시절이. 그 긴박함에 대해서는 더 자세히 묘사할 수 있지만 전체 맥락에 그다지 관계 있는 이야기도 아니고 자세할수록 더더더 시조새 화석처럼 보일 것 같아서 이쯤 하기로 하자. 그러다가 기술이 발전해 인터넷 예매라는 것이 생겼으나 티켓팅이라는 넘을 수 없는 벽이 뭇사람들의 마음을 아프게 했다. 그리고 바야흐로 (아무도 원치 않던) 언택트 온라인 공연 시대가 도래했다. 굳이 이 이야기를 끄집어낸 이유는 내가 처음으로 결제를 해 본 온라인 공연이 더보이즈의 'RE:AL 콘'이었기 때문이다.

이전까지 많은 아티스트들의 공연을 봤는데 그 많은 관람이 가능했던 것은 작업했던 곡들과 관련한 초대권 덕분

이었다. 나의 첫 아이돌이었던 신화 오빠들 콘서트 티켓팅
에 딱 한 번 도전해 본 적이 있었는데 티켓팅에 도전하기
에 나는 너무나 애송이였음만 확인하고 내 마음속에서 해
당 퀘스트 삭제하기를 누른 뒤 '아 나는 그냥 이런 건 못
하나 보다' 했는데 무려 온라인 콘서트! 그냥 결제만 하면
볼 수 있다는! 존재 자체도 몰랐던 사이트에 가입해서 결
제를 하고 두근두근 공연 날을 기다렸다. 집 안에 불이란
불은 싹 다 끄고, 노트북에 풀 충전된 블루투스 스피커 연
결해 놓고, 정좌하고 떨리는 손으로 아이디와 비번을 누르
는데…… 로그인부터 되지 않았다. 순간 겁이 덜컥 났다.
아, 콘서트 '쪼렙'인 내가 또 삽질을 하고 있는가, 지금쯤
오프닝을 시작하고 있지 않겠는가, 이게 왜 안 되나, 내가
옛사람이라 신문물을 못 따라가나, 나는 무엇을 잘못한 것
인가. 시간이 5분이 지나고, 10분이 지나도 접속될 기미
가 보이지 않고 그나마 마음의 안정(?)을 얻은 것은 실시
간 SNS에 콘서트 대행 사이트를 욕하는 글들이 끝도 없
이 올라와서였다. 결국 대형 포털에서 프리오픈으로 진행
된 그 공연이 나에게는 여러 의미가 있었지만 그중에서도
'아! 40분 동안 그 오류랑 싸운 보람이 있구나!' 하고 느끼
게 했던 포인트가 바로 〈Whiplash〉 선공개를 볼 수 있었
다는 거다. 그리고 그 무대 퍼포먼스를 보는 순간 나는 팬
심이 아닌 제작자의 1인으로 화면 속 멤버들을 향해 '그렇

지!'를 연발했다.

〈채.찍.질〉

'데모 원제가 좋네.' 하고 생각하며 씨익 웃었다. 게다가
탑 라인을 비롯해 곡의 구성이 청량하기 그지없었다. 그치.
이게 더보이즈지. 개인 SNS에 짧게 언급한 적이 있는데,
나는 더보이즈 관련 곡들을 작업한 이래 꾸준히 '섹시'를
밀고 있다. 막 농염하고 끈적끈적한 다크초콜릿 또는 위스
키 같은 섹시 말고, 탄산 풀 충전된 블루레몬에이드 같은
데 삼킨 뒤 끝이 짜릿한 거, 아주 여우 같은 거. 그런데 이
곡이 딱! 정확히 그 지점을 향해 있었다. 굳이 데모 원제
를 바꿀 이유가 없었다. 가사 작업을 할 때도 별로 헤매지
않았다. 나는 길을 정했고 그대로 가기만 하면 됐다. 다만
주어나 목적어를 적당히 생략해 가면서. 청량 필터를 끼면
청량하게 보이고 청불 필터를 끼면 청불로 보이고. 어떻게
든 좋은 노래이니 저마다의 취향대로 즐길 수 있는 곡이
되길 바랐다. 그래서 콘서트의 선공개 무대를 보면서 절로
광대가 승천했다. 안무며 의상이며 야해 보이는 구석 하나
도 없이 멤버들이 방긋방긋 웃으며 퍼포먼스를 하고 있었
다. 아주 여우같이. 자리에서 벌떡 일어나 기립박수를 쳤
다. 수록곡이었지만 후속곡으로 활동도 해 주어서 몇 번
쯤 무대를 더 볼 수도 있었는데 볼 때마다 아주 짜릿했다.
〈Whiplash〉 이전에 더보이즈와 함께 작업했던 곡 중

에 또 이런 느낌으로 작업에 임했던 곡을 꼽으라면 1초 만에 추천 가능한 노래가 바로 본문에서도 잠깐 언급했던 〈Salty〉. 실상 수위로 치면 〈Salty〉가 더 높다고 생각한다. 상대에게 미안한 짓을 일부러 하고 싶어지는 욕망을 그렇게까지 청량하게 표현해 준 더보이즈 덕분에.

# 9.

~~~~~~~~~~~~~~~~~~~~~~~~~~~~~~~~~~~~~~~~~~~~~~~~~~~~~

## Artistic Groove
태민

이제 정말이지 반박불가 탈 아이돌급이다 보니 한 곡 한 곡 받을 때마다 아예 머릿속에 판 자체를 다르게 깔아야 하는 아티스트가 바로 '태민'이다. 대부분의 작업에서 가창할 아티스트에 가장 잘 어울리는 느낌이 뭘까를 생각하면서 발상을 하기는 하지만 태민은 특히 '태민'이라는 카테고리를 따로 해야 할 만큼 '태민'하다 보니 그만큼 더 많이 고민을 하게 되는 것 같다. 그만이 할 수 있는 특화된 퍼포먼스와 분위기가 있기 때문에 내가 작가이지만 이 작품의 핸들을 기꺼이 태민에게 내어 주는 느낌이라 해야 할까. 이 곡이, 이 키워드가, 이 가사가 태민에게 '합당'한가를 나름 엄격하게 고민해 키워드를 뽑고 디벨롭을 하게 되는 것이다.

〈Artistic Groove〉 같은 경우, 데모 원제가 아예 다른 단어였는데, 원제가 가지고 있는 이미지가 여러 의미로 대입 가능하게 열려 있는 느낌이었다. 다른 작가들은 어떨지 모르지만 나의 경우, 태민의 곡은 좁고 깊게, 나 스스로 나의 먹살을 쥐고 거의 지옥의 문턱까지 가야 그나마 태민 근처에라도 갈 수 있지 않나 하는 느낌일 때가 많아서 원제를 살려서 가는 것을 아주 빠른 결정으로 포기했다. 그래서 핵심 키워드가 뽑힐 때까지 데모를 진짜 듣고, 듣고, 또 듣고. 청소하면서 듣고, 설거지하면서 듣고, 자러 가서 누워서 또 들었다. 큰 규모의 투어도 거뜬히 소화하는 아티스트이기 때문에 활동곡이 아니라고 하더라도 무대 퍼포먼스를 염두에 두고 발상을 해야 한다. 그렇게…… 눈에 그려질 만한 퍼포먼스를 떠올려보고자 노력하다가 나온 키워드가 바로 'Artistic groove'였다. 이제는 정말 'Artistic'이라는 명제가 누구보다 잘 어울리는 그에게 아주 노골적이고도 선명한 제목을 직구로 날리는 느낌이었다. 컴백 서브곡이었기 때문에 무대 퍼포먼스도 볼 수 있었는데 보는 내내 입을 틀어막고 있었다. '역솔남(역대급 솔로 남자 가수의 준말)은 역솔남'이었다.

작업을 할 때 대체로 어느 정도 시간이 걸리겠구나, 하는 걸 계산하고 들어가는데 이 곡은 가늠했던 것보다 시간이 더 많이 걸린 곡 중 하나다. 보통 키워드 뽑으면 그 느낌으로 쭉쭉 달리면 되는데 앞서 언급한 것처럼 좁고 길게 파고들려다 보니 달려지지 않는 거였다. 게다가 열과 성을 다하여 '나는 태민이다!' 외치며 립싱크도 해야 해서 그 몰입되어 있는 느낌의 농도가 워낙 짙어 점점 안으로 고여 든다고나 할까. 너무 느낌적인 느낌으로 이야기를 해 구체적으로 전달이 안 되는 것 같아 좀 답답한데 아무튼 그랬다.

그렇게 나는 내 안의 '흑염룡'을 만나기 위해 계속 더 깊은 늪을 헤매고 파고들어 가고 있었다. 그나마 다행인 것은 이 감정선이 가지고 있는 톤이 '우울'이나 '부정적인' 것이 아니라는 거다. 단지 내 안에도 있고, 우리 모두의 안에 있는 욕망 내지는 음란마귀 같은 건데 한국 사회에서 철 든 어른은 대체로 이런 감정들을 밖으로 드러내는 것을 터부시하다 보니 좀 낯선 것뿐.

곡의 진도가 잘 나가지 않았던 이유는 또 있다. 제목이 'Groove'인 만큼 리듬을 타면서 그 느낌을 따라가야 하는데 노래 자체가 가지고 있는 톤이 긴장을 풀고 즐길 수 있는 편안한 Groove가 아니라 온몸에 힘을 꽉 주고 집중을 최대로 끌어올린 채 견뎌야 할 폭풍이 치는 거센 파도 같은 그루브였던 거다. 곡을 작업하는 내내 터지기 직전처럼 화가 나고 예민했다. 차라리 그냥 줄글을 쓴다면 그 뾰족하고 격정적인 감정을 따라 부서지고 퍼부으면 그만인데 애초에 가사란 글자 수의 제한이 있는 데다 Groove에 걸맞은 리듬감도 필요했다. 이야기하다 보니 왠지 계속 어려웠던 지점만 나오고 있는 것 같지만 결론을 말하자면 그만큼 에너지가 많이 필요한 곡이었다는 거다. 내 안의 화와 거침에, 데모를 받을 때마다 필요에 따라 골라 쓰는 꽃다발에서 흑장미 같은 남자 하나를 끄집어내 그 멱살을 꽉 움켜쥐고 작업을 했다. 다행스럽게도 마친 뒤 불러 보니 일부러 한 글자 한 글자를 의도하지 않더라도 그런 느낌이 어울리는 자음들로 그럭저럭 잘 조합이 되어 있었다.

가사의 내용을 한 문장으로 압축해 보자면 첫눈에 반한 상대와 격정적인 사랑에 빠지는 상황인데, 사실 현실의 내가 가진 기본적인 성향은 그것과 꽤 거리가 멀다. 낯도 많이 가리고 기본적으로 지금의 나에게 있어 사랑이란 '신의'가 가장 우선적인 전제조건이기 때문이다. 나중엔 어떻게 바뀔지 모르지만 일단은 그렇다. 그래서 그런가 또 한편으론 격정적임에 대한 판타지는 있다. 이 또한 참 다행이다. 그조차 없었다면 이런 톤의 곡을 받았을 때 '나'를 설득시키는 것에 꽤나 애를 먹을 것 같아서.

# 10.

## Once Again
### 여름방학
#### NCT127

고백하건대 기획된 세계관이 존재하는 팀의 작업은 늘 어렵다. 작사가 일을 하고 있음에도 불구하고 작업모드 스위치에 불이 꺼진 상태에서의 나는 거의 막귀나 다름없다. 듣는 것이 '일'이 되지 않았으면 하는 소소한 바람이 있어서 막 한 글자 한 글자를 곱씹기보다는 긴장을 풀고 한 귀로 듣고 한 귀로 흘러나가도 된다! 같은 마인드로 듣기에 임한다. 그렇게 해도 남는 부분은 남고, 취향의 노래를 만나면 저절로 외워져서 어느새 후렴구 정도는 따라 부를 수 있게 되기 때문이다. 그리하여 나는 그냥 노래가 좋으면 좋던데? 정도의 선에서 머무를 뿐 각 팀의 세계관을 일부러 찾아보고 뮤직비디오나 앨범 아트에 나온 오브제 하나하나를 의미 부여해서 분석하고 하는 단계까지 진입하지 못할 때가 많다. 그래서 내가 팀의 세계관에 대해서 찾아보고 있을 때는 단언컨대 오직 일을 위해서다. 그중에서도 NCT의 세계관과 시스템적인 부분은 너무나 센세이션

이어서! 처음엔 작업하는 데 꽤나 애를 먹었다. 그 세계관을 막 어떻게든 욱여넣어야 할 것 같은 강박 때문에. 그리고 역시 강박을 갖고 불편하게 일을 하니 평소 일할 때만큼의 역량을 다 쓰지 못하고 그 세계관에 갇히는 기분이 들 때도 있었다. 그런 가운데 〈Once Again〉 같은 곡이 나와 정말 기뻤다. 그냥 오로지 이 곡의 분위기에만 집중해도 될 것 같은 곡이어서다(물론 세계관을 공부하는 것이 싫다는 것은 아니다! 굽신굽신).

실상 나의 학창 시절이 어느 웹툰의 한 장면처럼 풋풋했거나 특별한 서사를 가지고 있지는 않지만, 굳이 따지자면 밝음보다는 어둠에 '훠어얼씬' 가까웠지만, 나는 여전히 학창 시절에 대한 로망을 품고 있다. '내가 그러지 못해서', '대리만족' 같은 이유에서라기보다는 그냥 그 또래의 아이들이 참 예쁘다. 나이가 들어서 그런가. 대학생 때는 우습게만 보이던 중고등 학생들의 서툰 화장도 귀엽고 자기들이 엄청 센 줄 아는 것도 귀엽다. 그 애들이 그 넘치는 귀여움과 예쁨을 충분히 누리면서 그 시기를 지났으면 좋겠다. 그리고 그 아이들을 위해 성인이 된 우리 모두가 각자의 나이대에 맞는 다양한 '좋은 어른'의 모습을 보여주기를 바란다.

전에 작사 관련해서 특강을 나간 적이 있었는데, 그때 '작사 철학'에 관한 질문을 받았다. 조금 머뭇거렸던 게 나는 '철학'이라고 이야기할 만큼의 무게감을 가지고 일을 하고 있지 않았기 때문이다. 그래서 "그냥 딱히 철학은 없고 비속어로 표현하게 되어 죄송하지만 '빨은 거' 쓰지 않기 하나는 지키고 있어요."라고 머쓱하게 웃으며 대답했다. 적어도 대중음악을 가장 즐겨 듣는 층이 중학생, 고등학생, 대학교 초반 정도이다 보니 그들이 듣고 따라 불렀을 때 그 모습을 지켜보는 내가 낯부끄럽지 않은 가사를 내놓아야 할 것이 아닌가. 완성도 면에서도 부끄럽지 않아야겠지만 어린 아이들은 따라 부르며 그 무의식에 스며들기에 내가 내놓는 작품들이 건강했으면 좋겠는 것이다. 비록 하루하루 '이걸 또 이렇게 억지로 내네.' 하면서 자괴감이 들지언정 그래도 나는 어른이니까. 어른의 역할을 하고 싶다.

그런 의미에서 〈Once Again〉을 쓸 때도 그 학창 시절의 풋풋한 그림에 등장할 단어나 느낌들은 무조건 건강해야 했다. 사랑의 감정을 다루더라도, 비록 어른 흉내를 내지 못 해 안달이 날 수 밖에 없는 나이대이지만 그래도 그 순간에만 누릴 수 있는 가장 밝고 건강한 이야기로 이 노래가 기억되었으면 했다. 이 글을 쓰고 있는 지금은 여름을 한창 지나 무릎에는 담요가 얹어져 있고 책상 의자에는 경량 패딩이 두 개나 겹쳐져 걸려 있다. 그럼에도 불구하고 학창 시절을 떠올리고, 이 노래의 반주를 떠올리면 신기하게도 자연스럽게 여름의 풍경이 겹쳐진다. 지금의 추위가 물러가고 다시 내년의 여름이 왔다 싶을 때, 잊지 말고 〈Once Again〉을 다시 들어봐야겠다. 이제는 장편에서 단편으로, 이제는 그마저도 더 풍화되어 장면 장면으로만 남아 있는 나의 학창 시절을 그래도 돌아보니 꽤 예뻤던 것 같은 기분으로 덧칠하기 위하여.

# 11.

## Mayday! Mayday!
### 보아

이 글을 쓰고 있는 2020년은 '보아'라는 아티스트가 데뷔한 지 20주년이 되는 해다. 말하자면 입 아픈 그녀의 지난 20년을 나는 실로 존경한다. 퍼포먼스나 보컬 같은 부분에 대해서도 그렇지만 한 가지 또 언급하고 싶은 것은 '작사가'로서의 '보아'인데, 비록 내가 누구의 무엇을 평가할 위치도 입장도 아닌지라 깊이 서술하라고 해도 감히 그리하지 못하겠지만 개인적으로 보아가 쓴 가사가 나는 참 좋다. 담겨 있는 감성이 따뜻하고 단단해서.

〈Mayday! Mayday!〉 같은 경우, 원래 해당 구간의 가사가 'Mayday'가 아니었기 때문에 새롭게 키워드를 뽑는 과정이 필요했다. 이 키워드는 〈Stem boy〉라는 애니메이션을 보다가 메모해 두었던 내용이었다. 무려 2003년 작품인 이 애니메이션은 잔잔한 이별노래인 이 곡의 분위기와는 달리 스팀펑크라는 장르의 교본이라고도 할 수 있는, 러브라인과는 전혀 상관없는 내용인데 위급할 때

"mayday! mayday!" 하고 외치는 내용이 뭔가 되게 짧고 간결하면서도 그 분위기를 잘 살려주는 것 같았다. 지금에 서야 말이지만 처음 이 단어를 적어 둘 때만 해도 나는 보이그룹 노래에 쓰면 좋겠다고 생각했다. 자기 잘난 맛에 사는 남자가 처음 본 상대에게 치명적으로 강렬하게 이끌려서 급작스레 추락하듯 사랑에 빠지면서 '오, 나 진짜 지금 엄청 위험해! mayday!' 하는 내용으로 쓰면 좋지 않을까 했던 것이다. 하지만 언제나 그렇듯 킵(keep)해 둔 소재를 아낄 여력이 없다(심지어 같은 일을 오래 해서 그런지 요즘은 킵할 내용들을 모으는 것도 쉽지가 않다).

그리하여 처음 생각했던 것과는 조금 다른 자리에 이 키워드를 넣어서 이별 뒤의 후폭풍에 대한 내용을 쓰게 되었는데 신기하게도 보아의 목소리를 생각하면서 정리하다 보니, 어? 생각보다 잘 들어맞는 것이었다. 보아는 조그맣고 요정 같은 체구에도 불구하고 R&B를 부를 때 굉장히 울림이 깊다고 언제나 생각했는데 그 목소리를 데모 위로 쌓았더니 바로 몰입 스위치에 불이 들어왔다. 나는 지금 이 순간 세상 처절한 이별의 감정선을 타고 오르다 손쓸 틈도 없이 추락하는 거다. 엉엉엉.

이별 노래의 가사를 쓰는 것은 다른 작가들은 모르겠는데 적어도 나에게는 참 쉽지 않은 일이다. 또 〈투명우산〉 리뷰에서 살짝 언급했던 것처럼 훅 몰입해서 그 선을 따라갈 때의 감정 소모가 너무 큰 데다가 솔직히 말하면 '이별'이라는 감정을 어떻게 다뤄야 할지 아직 잘 모르겠다. 사실 사랑했던 상대와의 이별이라는 건 어떻게 접근을 하더라도 그 실체가 너무 구리지 않나. 사랑했던 순간의 감정이 너무 소중했어서 차마 그것들을 '이별'이라는 말로 부정하지 못해 아름답게 포장할 수는 있겠으나 그렇다고 해서 이별이 이별이 아닐 수는 없지 않나 하는 거다. 그럼에도 불구하고 그럴싸한 말장난 또는 미화된 단어들로 포장을 해 놓고 나면 '되에에게' 아름다운 것 같은 착시효과를 일으키는 것 또한 '이별'이라, 헤어짐의 정서는 참으로 얄궂다.

이 노래의 맨 마지막에, 기타를 제외하곤 반주가 거의 깔려 있지 않은 상태에서 'And it's over now' 하고 낮게 읊조리듯 가창되는 부분이 있는데 전체 가사 중에서 가장 좋아하는 부분이다. 낮게 스며드는 듯한 보아의 목소리와 해당 텍스트가 함께 빚어 내는 스르륵 하고 놓는 것 같은 느낌이 이별 노래의 마지막에 너무나 잘 어울리는 듯하다.

나는 한 명의 작사가로서 '보아'라는 작(곡/작사)가를 깊이 애정하고 응원하며, 앞으로도 계속 새로울 그녀의 퍼포먼스를 언제나 두근거리는 마음으로 기대할 것이다.

~~~~~~~~~~~~~~~~~~~~~~~~~~~~~~~~~~~~~~~~~~~~~~~~~~~~~~~~~~~~

## 12

데리러 가
Good Evening
SHINee

〈데리러 가〉는 샤이니의 많은 활동곡 중에서 내가 작업한
가사로 발매된 세 번째 활동곡이다. 데모를 처음 받아서
듣는 순간, 그냥 도입부에 '샤.이.니' 이렇게 오버로크가 쳐
있던 이 곡은, 곡 자체로도 정말 좋아 이걸 어떻게 한글화
해야 할지 조금 조심스러웠던 곡이기도 하다. 후크송인 듯
아닌 듯 조금은 애매한 이 곡에 샤이니가 가창했을 때 가
장 어울릴 만한 가사를 입혀 내고 싶었다.

이 곡의 가사를 작업할 때는 작사가로서 약간 슬럼프 비
슷한 것을 겪고 있었다. 같은 일을 오래 한 요즘, 한 곡 한
곡 작업을 할 때마다 '와, 요즘 데모들은 정말 어렵다!' 하
기 때문에 특별히 슬럼프라든가 슬럼프가 아니라든가 하
는 것을 구분하는 것도 조금은 무의미할 수 있겠지만 이
시기를 '슬럼프'라고 칭한 것은 앞으로 '어떤' 가사를 쓰고
'어떻게' 방향을 잡아야 내가 '현역' 작사가로서 흔들리지
않고 계속 해서 일을 해 나갈 수 있을까에 대한 고민이 있

었기 때문이다.

문학적으로 아름답게만 풀어 내는 시대는 갔고, 내가 좋아하는 내러티브가 읽히거나 콘셉추얼한 성격이 강한 가사도 유행이 지난 것 같고, 차트 상위권에 올라 있는 곡들의 가사를 보면 정말 단순하기 그지없는 일상 언어의 나열들에, 여름인데 막 발라드 범벅에, 조금은 갈피를 못 잡겠는 거였다. 어쨌거나 차트 상위권에 있다는 건 대중의 선호도가 그만큼 높다는 것이니까.

나는 애초에 글도, 가사도 의미가 아주 깊거나, 작품성이 뛰어나야겠다는 욕심은 내지 않는다. 같은 맥락에서 나는 철저하게 '대중음악'의 본질을 벗어나지 않는 가사를 쓰고 싶고 딱 그 정도가 나의 그릇이라고 생각하기 때문에 절대적으로 차트의 반응을 따라가고 있었다. 그래서 한동안 내가 써 오던 것들과 결이 다른 것을 쓰려고 부단히 노력했다. 쉽고, 단순하게, 내용이 없어 보여도 무조건 쉽게. 내게 익숙한 단어는 무조건 안 쓰기! 하는 식으로.

결과는 처참했다. 지금 생각해 보면 입에 안 맞는 걸 억지로 꾸역꾸역 삼켰던 게 확실하지만 그 시기에는 한 곡 한 곡 작업할수록 혼란스러워서 '아! 길을 잃었구나!' 하는 생각만 들고 하루하루 초조했다. 그러던 중 이 곡을 만났다.

작업 초반에는 역시 '쉽게 쓰려면 어떻게 해야 하지?'

하는 데 고민이 집중되어 있었다. 그랬더니 도무지 진도가 나가질 않았다. 여차저차 해서 한 곡을 정리하긴 했는데 이렇게 마음에 안 들 수가 없었다. 이런 것은 조금도 '샤이니'하지 않았다. 그래서 제출 마감까지 서너 시간밖에 남지 않았음에도 불구하고 쓰던 걸 엎었다. '어차피 안 되는 거 그냥 내가 잘 아는 길로 가겠다!' 하고 말이다.

밝든 어둡든, 나는 아름다운 글자와 발음의 모음이 좋고 그 안에 차곡차곡 감정을 쌓아올려 고조시켜 가는 흐름에서 매력을 느낀다. 그러니 그렇게 하자고.

어찌 보면 그렇게 초심으로 돌아가는 기분으로 정리해서 냈던 가사가 〈데리러 가〉였다. 이 가사를 완성해서 제출하고, 채택이 되고, 진행을 하다 보니 집을 나갔던 자신감이 천천히 돌아오기 시작했다. '내가' 쓸 수 있는 '쉽고 단순한' 가사가 어떤 느낌인지 어렴풋이 알 것도 같았다.

시간이 좀 더 흐른 지금에 와서는 또 이런 생각들도 조금 바뀌어 좋은 가사란 쉽다거나 문학적이라거나 하는 차원의 문제가 아니라 그때 그때 받은 데모와 아티스트에 잘 맞게 쓰는 것이 가사의 정석이라면 정석일 수도 있겠나고 생각하고 있다.

어쨌거나 내가 슬럼프인가 했던, 이런저런 시도를 많이 해 보고 무수히 까이고(채택되지 않고) 몸으로 들이받으면서 헤매던 시간들이 있었기에 지금의 내가 있는 것이다.

그 시간과 그때의 결론들이 내 삶에 분명 유의미한 것이리라 믿는다.

너의 세상으로

| 1판 1쇄 인쇄 | 2021년 4월 5일 |
| 1판 1쇄 발행 | 2021년 4월 19일 |

| 지은이 | 조윤경 |

| 발행인 | 황민호 |
| 본부장 | 박정훈 |
| 책임편집 | 한지은 |
| 마케팅 | 조안나 이유진 이나경 |
| 국제판권 | 이주은 |
| 제작 | 심상운 |

| 발행처 | 대원씨아이㈜ |
| 주소 | 서울특별시 용산구 한강대로15길 9-12 |
| 전화 | (02)2071-2095 |
| 팩스 | (02)749-2105 |
| 등록 | 제3-563호 |
| 등록일자 | 1992년 5월 11일 |

ISBN            979-11-362-7284-3  03810